I0655506

НИКОЛАЙ БРЕДИХИН

ПОЛКОВНИК

ВСЕЛЕННОЙ

ePressario Publishing
Монреаль, 2016 г.

ПОЛКОВНИК ВСЕЛЕННОЙ

роман

Николай Бредихин

© 2016 Николай Бредихин

Web: http://www.bredikhin.net/

© 2016 Кирилл Бредихин, обложка

© 2016 ePressario Publishing, издание

Монреаль, Канада

E-mail: info@epressario.com

Web: http://www.epressario.com/

ISBN: 978-1-988228-01-3

Иисус сказал: «Это небо исчезнет, и кто над ним исчезнет; но кто умерли, не будут жить, а те, кто живут, не умрут».

Евангелие от Фомы, 11

(Перевод М. К. Трофимовой)

ГЛАВА ПЕРВАЯ

— Иисусе праведный, Агнец кроткий и добросердый, не устаю благодарить Тебя за то, что никогда в печалях, и заботах, и невзгодах моих не оставлял Ты меня Своим вниманием, остерегал от уловлений лукавого, спас от смерти тяжкой и неминуемой, продлив тем лета мои на земли. Яви же и ныне милость Свою и всесвятое Божье Свое благоволение: не вмени мне в вину, рабу Твоему грешному, несмышленому, что немощью тела угрызен днесь и исчервлен дух мой, что впадаю все чаще я в беспомощность и уныние, не устремляясь с прежними любовью, радостью и надеждой к испытаниям, посылаемым Тобой...

Артемий с трудом приподнялся на постели, снял щепотью нагар со свечи. И вновь в колышущихся отсветах пламени увидел он совершенно отчетливо ту тень в углу.

"Должно, и вправду смерти поводырь за мною", – вздохнул он отрешенно, и как бы в ответ на его мысли тень шевельнулась и из темноты вдруг выступила фигура в черной рясе с остроконечным капюшоном – куколем.

– Ты Артемий, бывший игумен Троицкий? – спросил схимонах тихим, но отдававшимся гулко голосом.

– Да, это я.

– Следуй за мной!

Он подумал было, что ноги не удержат его, но все тело его неожиданно налилось удивительной легкостью, он шел, не чуя пола под собой.

– Укрепи меня в вере, Боже, рассей сомнения... – Губы еще продолжали шептать исповедь-молитву, но раздумья уже перебивались недоумением: – "Умер ли я или иду только к смерти? И почему монах, а не ангел со мной?"

Но монах шел не оглядываясь и, пройдя по двору, они вскоре очутились возле какого-то лаза, которого раньше Артемий здесь не замечал.

Ступеньки, спускавшиеся вниз, были крутые, выщербленные. Легкость исчезла, босые ноги искровянились. Артемий зябко поежился: от каменных стен веяло холодом и сыростью.

Монах зажег факел. Некоторое время они брели по колено в воде. Потом коридор начал суживаться и показалась впереди широкая, окованная железом дверь. Монах постучал три раза, дверь тотчас открылась.

Пошли кельи с узкими обрешеченными оконцами и массивными засовами со стороны коридора. "Монастырь, – догадался Артемий, – но что за монастырь?"

Откуда-то слышны уже были шум, громкие голоса. Довольно скоро Артемий и его проводник достигли большой залы. Густой смрад тотчас ударил в ноздри – повсюду видны были следы разнузданной, дикой оргии. Черные монашеские одеяния перемежались со скоморошескими колпаками и полуобнаженными женскими телами.

Видимо, трапезничанием и бражничанием все были пресыщены, за столом восседала лишь одинокая сгорбленная фигура с надвинутым глубоко на лицо куколем.

Они приблизились, проводник грубо толкнул Артемия в спину, так, что тот распростерся на полу.

Фигура зашевелилась.

"Царь!" – внезапно сверкнула в мыслях Артемия догадка.

Иоанн – а это и в самом деле был он – с шутовской издевкой откинул капюшон с головы.

– Что, отче, не ожидал, что доведется нам с тобой свидеться?

Артемий поднялся, отер кровь с разбитой губы тыльной стороной ладони. Помолчав, нехотя пробормотал:

– Нет, царю, не ожидал.

– Вот и я про то, – довольно усмехнулся Грозный. – Сказывают, ты здесь очень переменился: смирен стал, благорассуден, защищаешь от люторов веру нашу православную. Правда ли это? Хотел собственными глазами убедиться.

– Я никогда и не отступал ни в чем от закона христианского, – уклончиво ответил Артемий, пожав плечами.

Грозный притворно вздохнул, покачал головой:

— Опять гордыня. Почто же осудил тогда тебя священный Собор? Безвинно? И не клеветал ты на заповеди Божьи, не покрывал отступников-еретиков?

— Вера моя, государь, во всем прежняя. Как когда-то писал тебе, так и сейчас повторю...

— Знаю, знаю, что скажешь, — Иоанн досадливо поморщился. — Кто по неведению впадет в ошибку, тот не еретик, да еретиков и нет вовсе, есть просто души заблудшие, которые надо кротостью наставлять и молиться о них. Но до тебя уже вопрос этот решен Иосифом в "Просветителе": не токмо ненавидеть "заблудших" сих подобает, но и проклинать — в заточение их посылать и казням лютым предавать. Да оно же и в Писании сказано: еретика или отступника оружием убить или молитвою едино есть.

– Завещано апостолом: подобает в вас и ересям быть. А учить, молить и запрещать следует Божьей, а не мучительской властью.

Иоанн побагровел, затрясся от гнева. Затем пересилил себя, улыбнулся приторно-вкрадчиво:

– Упрям, упрям ты, отче. А и в самом деле – как был, так и остался, узнаю своего духовника. Но зачем нам с тобой ссориться, я ведь за другим приехал. Хочу простить тебя. Той властью, что мне на земле дана, а на небе пусть Господь рассудит, на то Его воля. Можешь вернуться к себе за Волгу, беспокоить не стану. Ну а коли игуменствовать вновь надумаешь, обитель получишь. Как, аль не рад? – Он протянул руку для поцелуя.

Артемию ничего не оставалось как, опустившись на колени, со смиренным видом тронуть губами монаршию длань.

Грозный встал. Поднял, обнял старца, усадил рядом с собой. Долго смотрел на Троицкого испытующе.

— Но не только за этим я навестил тебя. Благословения твоего прошу. Иду на Псков. Ты, кажется, из тех мест родом? — Маска упала с лица царя, он распрямился и смотрел на отшатнувшегося от него в испуге Троицкого уже с неприкрытой насмешкой. — Что, аль не так?

Однако Артемий довольно быстро пришел в себя, холодно пожал плечами:

— Все так, государь, но ты ведь просил, и совсем недавно, благословения. Когда шел на Новгород. Почему же ты думаешь, что я менее стойким окажусь в своих убеждениях, чем митрополит Филипп?

— Менее глупым! — вскричал Грозный уже в крайнем раздражении. — Вижу, быстро дошли до тебя подробности!

– Земля слухом полнится.

– Ну так должен и знать, как кончил Филипп!

Артемий кивнул.

– Что ж, я готов. Где Гришка Малюта? Или другому кому поручишь казнить меня?

Иоанн долго молчал, затем заговорил – рассудительно, серьезно:

– Да, ты прав: что жизнь, что богатство и слава мира сего? Суета и тень. Блажен, кто смертью приобретает душевное спасение. Есть ли большее счастье для того, кто праведен и добродетелен, чем умереть от своего владыки и наследовать тем венец мученика? – Он вздохнул и развел руками, не сумев на сей раз, однако, удержать едва заметный блеск в глазах. – Но должно быть верным слову, коли уж дал его. Оттого и прощаю: и гордыню твою, и дерзость, и бегство с Соловков. – Блеск прорвался в улыбку, царь обернулся к сгрудившимся вокруг него опричникам, внимательно наблюдавшим за ходом разговора. – И даже то... что посмел ты в одном исподнем явиться к своему государю! Посмотри на себя, ужель тебе не стыдно, старый пес?

"Братия" с готовностью рассмеялась, но тут же посерьезнела, увидев резко переменившееся выражение лица царя.

– Однако есть и другое: дошло до меня, что причастен ты к злочестию пименовскому – вероломному сговору новгородскому. – Голос Иоанна сорвался в гневе: – Берегись коли так, отче, тут слово мое не действует – измены ни в ком не потерплю! Подумай еще раз, хорошенько, не промахнись с ответом. Сказано: "Не мир я пришел дать на землю, но меч и разделение". Не своей волей извергаю вон князя тьмы из новообретшихся

Содома и Гоморры, в том промысел Божий, как же ты осмеливаешься идти поперек него?

— Стар я, — устало вздохнул Артемий, — чтобы изменами тешиться, в злокозниях изощряться. Что до промысла Божьего... "Благословляют добрых на доброе" — ответ тебе дан Филиппом, от себя только одно могу добавить: Богу — Богово, а кесарю — кесарево, Бог есть любовь, а не ненависть, Бог — свет, а твои деяния от седьмиглавого зверя и отца его — князя тьмы. Опомнись, царю, Сын Человеческий приходил для спасения кающихся, а не превозносящихся, и каждый предстанет перед Его судом с тем, что содеял.

Иоанн скривился презрительной усмешкой, язвительно поднял брови, не в силах, однако, долее скрывать клокотавшую в нем ярость:

— Ты что же, угрожаешь мне возмездием

Христовым на том свете?

Артемий промолчал, поняв, что переполнил чашу царева терпения, однако Грозного уже было не остановить.

— Но зачем, скажи мне, Господу так долго ждать? Коли я столь перед Ним повинен, почему бы Ему здесь, сейчас и не покарать меня за то, что ты называешь "моими деяниями"?

Все умолкли в страхе, ожидая по меньшей мере грома небесного, однако ничего не произошло.

Иоанн выдержал паузу, чтобы насладиться произведенным впечатлением, затем продолжил.

— Что до слов твоих, то выходит по ним: Господь царствует только на небесах, в аду — дьявол, на земле же властвуют люди. Но то не Христово, истинное разделение, се ересь манихейская! Тебе ли не знать: везде, везде

Господня держава, и в этой, и в будущей жизни. Возмездие, суд! Да разве ж станет сатана карать людей, наоборот – он их губит соблазнами. Караю я, моей рукой карает Господь! Но я вижу, ты лукавишь, старец. Может, надеешься вновь обмануть меня своим сладкоречием? Если так, умерь усилия – перед тобой уже не тот бесхитростный отрок, который внимал когда-то аки агнец каждому твоему слову, и которому ты изуродовал душу. – Страдальческая гримаса несколько раз пробежала по лицу царя. – Много лет прошло, как поддался я твоим измышлениям, а свежа, свежа сия рана! Но настало время заживить ее. Я давно ждал этого момента, так что приготовься, отче, наш спор будет долгим. И не окончен он будет до тех пор, пока кто-то из нас двоих, по разумению Божьему, не одержит в нем верх.

Он обернулся к своим приближенным и вдруг резко, пронзительно закричал. Несколько десятков голосов тут же подхватили его призыв.

"Гойда!" Чьи-то руки вцепились в Артемия и стремительно поволокли его из залы. Снаружи, за стенами монастыря, томилось в нетерпении несметное царево воинство, ночь наполнена была бранью, хохотом, конским ржанием, пламенем факелов. Троицкому подвели гнедого низкорослого жеребца, косившего в сторону настороженным, пугливым взглядом. Едва успев ступить ногой в стремя, Артемий внезапно очутился наверху, судорожно сжал поводья.

"Гойда!" И сорвались с места, взбадривая лошадей плетками, разрывая тишину истошным ликованием, тряся притороченными к седлам собачьими головами и метлами.

"Гойда! Грызть лиходеев, злочестие противу государя измышляющих, мести Московию!"

"Гойда! Грызть и мести, грызть и мести!"

Несколько раз Артемий, измученный бешеной скачкой, был близок к беспамятству. Следили за ним зорко — мгновенно подхватывали, когда он начинал сползать вниз, встряхивали как мешок, однако силы в конце концов совсем оставили старца, и он вдруг провалился в беспросветную тьму…

Очнулся он от мелодичного перезвона колоколов. Оглядевшись, с изумлением увидел себя сидящим на троне, с шутовской короной на голове и державным посохом в руке. Везде, где только охватить можно было взглядом, стояли перед ним люди, празднично одетые, с просветленными лицами, молча и терпеливо чего-то ожидая.

Недоумение Артемия, впрочем, тотчас рассеялось, когда он заметил примостившегося скромно в стороне царя. Грозный ухмыльнулся его догадке, встал, хлопнул в ладоши и торжественно провозгласил:

— Вы заклинали о милосердии? Вот вам судья, он вас рассудит! — и уселся обратно, всем видом показывая, что он здесь не более чем зритель.

— Нет! — Артемий рванулся с трона, однако стоявшие сзади опричники были начеку, удержали его. — Нет! Не делай этого! Бог тебе не простит!

Грозный усмехнулся, покачал головой.

— Но ты должен видеть все своими глазами. Понимаешь? Что до Господа, то Его благословение я ведь уже получил.

"Гойда!" И ворвались в толпу, рассекая,

выворачивая ее, срывая с женщин, стариков, детей одежду. Первый отсеченный клин тут же погнали к реке, стали загонять его в воду. Пытавшихся спастись начали топить баграми, повскакав в лодки. Река вышла из берегов, превратившись в месиво из крови и человеческих тел.

"Гойда!" И уж там и сям словно из-под земли выросли колья, и замерли на них, скорчившись, пытаясь продлить немногие оставшиеся мгновения несколько дюжих мужчин.

В самой середине прямо перед глазами Артемия вознесся вдруг огромный крест и склонилось набок перекошенное страданием чье-то удивительно знакомое лицо.

Иоанн наблюдал, как расширяются глаза Артемия, с наслаждением, приговаривая тихо, то ли для себя, то ли для него:

— Смотри, смотри, отче! Что ты говорил о

кресте и его деянии? Ах, как глубоко в душу запали мне те твои слова!

Ноздри царя раздувались, подергивались в возбуждении, улыбка неимоверной радости переполняла его лицо. Но происходящее, видимо, все ж казалось ему недостаточным, и он в нетерпении махнул несколько раз рукой. Опричники тотчас задвигались быстрее, движения их, и так заученные, стали уж совсем суматошными, кого-то обливали составом огненным и поджигали, кого-то привязывали головой, ногами к конским хвостам и раздирали затем надвое, натрое. Грудных младенцев отрывали от матерей и подбрасывали в воздух, отталкивали при том друг друга с хохотом, загадывая, состязаясь, на чье копье они упадут.

Каждый старался доказать чем-то царю свое усердие, и скоро у его ног уже выросла гора из отрезанных ушей, носов, голов.

Доведенный до крайней степени возбуждения, Грозный не выдержал и, охваченный общим рвением, сам ворвался в толпу с мечом, ослепленно нанося удары направо и налево.

Артемия трясло, лицо его было искажено невыносимой мукой, глаза все более застилались кровавым маревом, пока марево то не сделалось кромешным и уж ничего за ним не стало видно. Плач, крики, мольбы в ушах Троицкого внезапно угасли, и в наступившей вдруг тишине расслышался тихий, изможденный страданием стон. Он проникал все глубже в сознание Артемия, пока не объял его целиком...

...Он поднялся с пола, дрожа от холода, увидев себя распростертым ниц перед божницей. Было тихо, покойно в доме князя

Юрия, все укуталось глубоко в сладких покровах ночи.

– Сон кровавый, сон кровавый, – с болью и смятением шептал старец, немного оправившись, войдя в себя. И на миг просветлело ему, полегчало, поворотился он к лику на иконе и губы его зашевелились, привычно складывая слова молитвы. Но уж вновь наваливалась на него непонятная, глухая тоска. И опять вдруг возник в его ушах тот стон.

Он не мог ошибиться, стон действительно был где-то рядом. "Артемий, Артемьюшка!" – послышалось ему неожиданно в этом стоне. Троицкий поднялся с колен и пошел в направлении доносившихся звуков. В отсветах догоравшей свечи он увидел то лицо, которое показалось ему столь знакомым, но теперь он догадался кто перед ним: то было лицо Матвея Башкина.

Тело Матвея в бессилии было распростерто на полу, Артемий чуть было не споткнулся о него.

– Ты преступи это, преступи! – зашептал ему вдруг чей-то голос.

На руках и ногах Башкина кровянились стигмы, на голове надет был скоморошеский колпак. Артемий с трудом приподнял тело Матвеево и, спотыкаясь, понес его к своему ложу. Прикоснувшись к постели, Матвей облегченно вздохнул и открыл глаза.

– Здравствуй, Артемьюшка! – прошептал он разбитыми губами с радостной кротостью. – Видишь, дал Бог и повидал я напоследок тебя. Хотя уж и не надеялся на то.

– Но как же, Матюша, – растерянно проговорил Троицкий, – ведь сказывали, что запытали тебя до смерти в обители

Волоцкой, а ты вроде жив?

— Так и ты вроде сгинуть давно должен был на Соловках, — улыбнулся Матвей через силу и зачастил горячечно: — Я это, я! О чем ведь хотел поведать тебе: то не я тебя предал, хоть и довелось мне побывать на дыбе, то наветствовали на меня. Веришь? Прощаешь ли?

— Верю, — кивнул Артемий, — а прощать мне за что же тебя? Что до наветов мне? Но зачем, зачем ты хотел к царю через Симеона и Сильвестра приблизиться, я же предупреждал тебя!

Башкин вздохнул, на глазах его появились слезы.

— Но ведь мир, Артемьюшка, мир неправеден. Погряз во неистовости, во грехе. Человек идет к Богу, а люди уловляют, отвращают его. Ты же в том советен со мной был: люди только и говорят, что о Боге, но совсем забыли Его. И кому же привести их к Господу истинному, как не царю и его священникам? Должно начало от кого-то быть, кто ж его покажет?

— Должно терпеть, — Артемий скорбно пожал плечами, — в том истина. Искупать вины безмолвием и смирением.

Матвей откинулся на подушку и посмотрел куда-то вдаль с отрешенным и непреклонным видом.

— Нет, нельзя все терпеть. Христос, Он пример показал. Зачем же муки Его, зачем Дух Святый вочеловечился? Нам продолжить дело Его. Мир должно спасти, и спасти его можно. Господь послал нам лишь предостережение. Он справедлив, все не только в Божьих, но и в наших руках. Все беды наши в том как раз, что человек ушел от Господа слишком далеко. Но человек, он вернется к Богу. Мир спасется, Артемьюшка!

Вера его спасет.

Он закрыл глаза, вновь уйдя в забытье.

– Сейчас, сейчас, погоди, Матюшенька, – засуетился Артемий, – сейчас я омою твои раны, ты еще поживешь, за грехи наши помолишься, столько зла вокруг, жестокости, а ведь людям надо как-то жить.

Но вернувшись с водой, он в испуге отшатнулся от ложа. Вместо Башкина на постели лежал царь с вытянутой вперед бородой. Он открыл один глаз и глумливо подмигнул Артемию:

– Что, думал сбежать от меня и не дать насладиться победою? Я ведь выиграл в нашем споре, выиграл! Признаешь?! – Грозный вскочил, выбил кувшин из рук Троицкого и схватил Артемия за грудки. – Помнишь, что ты говорил о страдании? Я ли был тебе не верный ученик? Нет других слов, которые столь поразили бы мое воображение! Да, здесь он – пробный камень для всего человечества. Христос страдал и нам повелел. Есть ли другой оселок, который способен так выправить душу? Нет! Надо упасть, чтобы возвыситься, только через муки адовы, незатихающие, к спасению и можно придти. – Он сморщился и запричитал дальше плаксиво: – Тебе лишь открою: никто не ведает, как я сам терзаюсь – вся кровь, все муки проходят через меня. Я измождён, переполнен до края страданиями, есть ли в мире страшней доля, чем моя? За что Господь выбрал меня, отметил в исполнители воли, кары Своей? Если бы ты знал, Артемьюшка, если бы ты знал, сколько молил я Его, чтобы Он дозволил мне хоть остаток дней дожить другой, тихой, праведной жизнью! Ты не дал мне благословения, Артемьюшка, но ведь не зря же привёл меня к тебе Господь, окропи мои вины елеем своего благолепия, отпусти мне мои прегрешения, как ни перед кем сейчас исповедовался я перед тобой.

– Зверь! – закричал вдруг Артемий в исступлении. – Зве-е-е-е-е-е-рь!

Царь ухмыльнулся глумливо, затем приблизил лицо свое к Артемию и расхохотался, бормоча быстро-быстро, загадочно:

– Молчи, отче, молчи! Рухомо твое дело! Но и яз молчати готов...

Крупейников с трудом приподнял голову и взглянул на часы: половина четвертого. Дочка немного покопошилась в кроватке и заголосила сразу с высокой ноты. Жена вскочила, стараясь не выходить из полусонного состояния, машинально меняла пеленки, простынки, а добравшись затем до постели, тут же вновь замерла. Крупейников подержал в руках крохотное тельце, ожидая, что придется теперь, как обычно, долго Сашеньку укачивать, однако дочь на сей раз неожиданно тоже мгновенно уснула.

Он положил ее обратно в кроватку и долго стоял рядом, не в силах оторвать взгляд от сморщенного личика. Наверное, пора бы уже и успокоиться, не замирать всякий раз вот так в телячьем восторге (как же он потом будет Сашеньку воспитывать?), но мыслимо ли, чтобы первый ребенок появился у человека лишь на пятом десятке лет?

И снова вдруг всплыл перед Крупейниковым неотступно мучивший его в последнее время вопрос: а не расстался ли он с Зоей только потому, что у них не было детей?

Зоя! Память выхватила из глубины лицо его бывшей жены, но Александр Дмитриевич не ощутил по этому поводу ни удовольствия, ни протеста. Зоя – жена... Марина считала его прошлую жизнь обокраденной, полагая, что освободила его. Ринулась как в бой в это освобождение, гордилась собою, называла себя в шутку Жанной д'Арк. Но Крупейников не видел здесь ни революции, ни избавления, все естественно пришло к тому, что должно было быть. А оттого и не чувствовал он вины перед Зоей, не мог и не хотел видеть в ней человека чужого, а уж тем более – врага.

Пожалуй, это было главным, из-за чего у Александра Дмитриевича с новой его женой возникали разногласия. Марина из доброго, мягкого существа превращалась буквально в тигрицу. И тут шли в ход самые нелепые обвинения: "У тебя же гарем, хорошо еще, что я в нем младшенькая, говорят, младшенькие там самые любимые!",

"Посмотри на себя, ты же бесхребетный человек, столько лет тобой помыкали, а ты до сих пор приползаешь по первому зову, на задних лапках стоишь, хвостом виляешь, ждешь, чтобы тебе приказали: "Служи!". Эти размолвки тревожили Александра Дмитриевича. Что было в основе их? Ревность? Конечно. Но если бы только она одна. Пожалуй, больше даже какое-то глубокое неприятие Мариной того мира, в котором он жил раньше, которым и до сих пор во многом живет.

Крупейников всегда и во всем старался первым сделать шаг навстречу Марише, Машеньке, как он часто называл свою жену, но здесь замыкался и не шел ни на какие уступки. Во власти человека только настоящее и будущее, прошлое нельзя толковать. Все, что было, – было, любая попытка помыкать своей памятью оборачивается уродством. А вот если бы да представилась возможность прожить жизнь заново – он терпеть не мог подобного рода фальшивых рассуждений. Марина, например, утверждает, что Зоя подцепила его на крючок. Правда ли это? Наверное, да. Ну и что же? Да, была не только любовь, был осознанный выбор. Зоя пошла по тому же пути, как в свое время и ее мать. Она знала, чего хотела, и с этой точки зрения он ей вполне подходил: упрямый парень из глубинки, у которого на уме только история.

Нет, уснуть сегодня, конечно, уже не удастся. Хотя недосыпания в последнее время совершенно измучили Александра Дмитриевича.

Почему вдруг нахлынули на него воспоминания о бывшей жене? Какое-то сожаление или, наоборот, неудовлетворенность годами, прожитыми с ней? Нет, он давно все передумал на эту тему и ко всем выводам уже пришел. С того самого дня, когда они познакомились, его не покидало ощущение чуда, потому что все с того момента совершалось как по волшебству. И тесть, и теща безоговорочно одобрили выбор дочери, двери их дома не просто открылись, а распахнулись для Крупейникова. Сколько он себя помнил в этой семье, у него всегда были идеальные условия для работы, даже отдельный кабинет. Они поженились еще на третьем курсе института, в котором учились вместе, но никогда никаких проблем в материальном отношении у него не возникало, в этой семье все было общее – деньги, связи, цели.

– Да в тебя капитал вложили, а потом обирали как липку! – кричала обычно ему Марина, – нельзя же быть таким идиотом! Зоя твоя в жизни никогда не работала!

Да, не работала, и не только жена, но и теща тоже. Так было заведено в их семье. И он всегда расценивал это как подвиг со стороны Зои, всегда чувствовал угрызения совести по поводу того, что она пожертвовала собой ради него – с грехом пополам окончив институт, тут же положила диплом под подушку...

Крупейников с опаской покосился на Машеньку. Первое время, когда он вот так, ночью, вспоминал, анализировал свою прежнюю жизнь, Марина всегда просыпалась и начинала плакать, безошибочно угадывая: "Ты думаешь о ней!" И он принимался разубеждать Машеньку, лгать: "Ну что ты, как я могу о ней думать, просто на работе неприятности" – начинал ей что-то рассказывать по работе, и она тут же вновь засыпала, убаюканная даже не словами, а больше тоном его слов...

А ведь он сам виноват: конечно, зачем ему было Машеньке о прошлой своей жизни так подробно рассказывать? Еще одна из прежних роскошных привычек – с кем же еще своими мыслями, переживаниями поделиться, как не с собственной женой?

Крупейников окончательно отказался от намерения заснуть. Да, собственно, спать ему сейчас и не хотелось, просто нужно было иметь ясную голову, для чего не мешало бы часика два еще хотя бы подремать.

Он пробрался на кухню, разложил папки на краешке стола, который давно здесь облюбовал, и тотчас же всплыло в нем неприятное впечатление от разбудившего его сна. Книга закончена, почему же он вновь возвращается мыслями к ее образам? Значит, осталось что-то непродуманным, непрописанным? Где-то схалтурил, чем-то пожертвовал, чтобы уложиться в срок? "Нет, нет, хватит, нужно прогнать эти мысли, иначе я никогда от этой темы не оторвусь!"

– Нескладуха, Анохин. – Шпынков в задумчивости побарабанил пальцами по столу, затем сокрушенно вздохнул. – Опять нет логики в твоих утверждениях. Ладно, давай сначала. Тот же вопрос, но теперь по-другому его представлю: вот был ты штатским, и вдруг стал полковником... Тебе самому это не кажется странным? Можешь конкретно, вразумительно объяснить, как все произошло?

Анатолий с готовностью кивнул:

– Да, конечно. Только не бейте меня больше. Здесь ведь нет никаких секретов, просто я действительно, наверное, несколько сумбурно излагаю. Начнем с того, что по некоторым вопросам у меня были свои, не во всем совпадающие с общепринятыми мнения...

Шпынков досадливо поморщился, снова вздохнул и покачал головой:

— Опять не то. Что ты мне про "несовпадения", "мнения" свои, знаю я о них более чем достаточно. Тут в деле на тебя объективка имеется, могу даже кое-что зачитать, хоть и не положено. "Анохин Анатолий Сергеевич, 1943 года рождения, учитель математики. С несколькими своими друзьями (всего по делу проходило шесть человек) поставил целью "разобраться в том, что вокруг происходит". Вопросами интересовались самыми разными — от политики до искусства, собрали большой текстовой и цифровой материал. В октябре 1979 года были выявлены и квалифицированы как "группа". Пропагандой своих идей не занимались, для каких дальнейших целей предназначалась собранная информация, к сожалению, до конца выяснить так и не удалось. В процессе следствия двое (Коровин и Пашков) антигосударственную направленность своих действий полностью осознали, детально обрисовав роль каждого в группе, трое (Вагин, Зверев, Попрыкин) были осуждены, находятся сейчас в Мордовии. Анохин после соответствующей экспертизы был помещен в психиатрическую больницу". Ну и так далее, не буду воду в ступе толочь. Но вот перед мной выписки из твоих историй болезни, Анохин, в них поначалу ни о вселенных, ни о полковниках нет и речи, только о том, что тебе иногда кажется, будто вокруг говорят неправду, каких-то людей преследуют. Ну? Так что же потом произошло?

— Ах это! — Анатолий пожал плечами. — Ну много ли можно требовать от бедного сумасшедшего?

– Ты такой же сумасшедший, как и я.

– Знаете, звучит весьма двусмысленно, – не удержавшись, хихикнул Анохин.

Однако долго смеяться ему не пришлось. Сильный удар опрокинул его навзничь. Стукнувшись головой обо что-то твердое, он потерял сознание.

ГЛАВА ВТОРАЯ

— Что? Опять?! — Пальчиков откинулся на спинку кресла вне себя от возмущения. — Ува-жа-е-мый Александр Дмитриевич! Вы что же со мной делаете? Я ведь вас три дня назад спрашивал: ру-ко-пись готова? Зачем же было так уверять меня, что все готово? Дело-то не в месяце, а в том, что я весь механизм запустил на полную катушку! Вам ли объяснять, что теперь не от меня одного все зависит, тут даже машинистка — и то винтик, без которого невозможно обойтись. Да и можно ли вам верить насчет месяца? Сколько вы в прошлый раз меня мурыжили? Тоже забрали книгу перед самыми гранками. Мне-то все равно, я выкручусь, но ведь кончится тем, что выход оттянется как минимум на полгода, — вы этого хотите?

— Нет, конечно. — Крупейников тяжело

вздохнул. – Вы совершенно правы, Евгений Григорьевич, я и в самом деле в последнее время проявляю некоторую необязательность. Но поверьте, я и не думал вас три дня назад обманывать, рукопись действительно готова, но... Ей-богу, потом все сроки наверстаю, по ночам буду работать, но больше не подведу.

– Да что мне ваши наверстывания! – Пальчиков буквально рассвирепел. – Александр Дмитриевич, батенька! Какие сроки? Все сроки прошли! Вы мне лучше скажите – с чем я... – он резко развернул в сторону Крупейникова перекидной календарь, – сейчас, да-да, сейчас именно к завредакцией пойду? Что я ему покажу? Фитюльку-заявку вашу столетней давности?

– Нет, рукопись здесь, я же сказал... – Крупейников достал трясущимися руками из портфеля две папки и положил их перед собой. – Но...

– Но... – Редактор напрягся, недоверчиво посмотрел на Александра Дмитриевича, затем осторожненько перетянул к себе через стол верхнюю папку. Открыл, полистал немного.

– Ну вот, давно бы так. А то "месяц", надо же! – пробурчал он наконец себе под нос удовлетворенно. – Конечно, опять вклейки, вставки, от руки исправления, однако... все замечания учтены, изменения сделаны. Претензий нет к вам. – Он повеселел, широко улыбнулся Крупейникову: – Знаю я вашего брата автора: пока всю кровь не выпьете нашу, редакторскую, ни за что не успокоитесь. – Затем он бодро поднялся с кресла и сунул под мышку папки. – Ладно, теперь пора и на ковер к начальству.

– Мне подождать вас? – не поднимая

головы, тихо спросил Александр Дмитриевич.

Пальчиков недоуменно скривил полные, выпяченные губы:

— Да зачем? Позвоните к концу недели, но нужно ли? Вопрос практически уже решен. Хотя... время сейчас такое, всего можно ожидать. Но я вас разыщу в случае чего.

Однако Крупейников не смог заставить себя уйти. Два часа он сиротливо просидел перед дверью кабинета, и, к счастью, не зря, как выяснилось. То ли некоторая доза алкоголя, во время обеденного перерыва принятого, на Пальчикова так подействовала, то ли вообще перед тем он возмущался лишь для видимости, разыгрывал представление, но, растроганный хмурым, побитым видом Александра Дмитриевича, он наконец сжалился:

— Ладно, добро начальство дало полное, сроки тоже теперь позволяют. Так что Бог с вами, пользуйтесь моей добротой: забирайте ваши папки. Сошлюсь в крайнем случае на обстоятельства – дочь, мол, у вас родилась и так далее. Но только две недели, больше никак не получится. Да и то... – тут он выдержал многозначительную паузу, – при условии, что сначала вы сдадите рецензию, которую обещали Шитову. Ну-ну, не смотрите на меня так удивленно, в отпуск человек уходит, просил подключиться – это я ведь вас ему, на свою шею, порекомендовал. Где рецензия, Александр Дмитриевич? Что, тоже месяц сроку? Там ведь от силы на два дня работы. Так я могу надеяться? Вы не подведете меня?

"Евгений Григорьевич, Евгений Григорьевич!" Нет, никакой Евгений

Григорьевич здесь ни при чем. Никто не заставляет его так спину гнуть! Не на кого ему обижаться, кроме как на самого себя. Почему он не сдал рукопись? Зачем ему лишние две недели? Что за них может измениться?

И все-таки... Пожалуй, тут дело было не только в том паническом страхе, который всегда охватывал Крупейникова в решающий момент, когда нужно было положить окончательный вариант рукописи редактору на стол, — Александра Дмитриевича не оставляло впечатление, что не в мелочах, деталях каких-либо на сей раз закавыка, а что-то действительно важное им упущено, не прояснено. Однако возможно ли это прояснить за полмесяца?

И все-таки нужно быть пообязательнее и соблюдать эти проклятые сроки. Не на таком уж он здесь особом положении, чтобы оставлять какие-то зацепки, за которые его можно было бы при желании раскрутить. Ну и конечно, к Шитову в редакцию художественной прозы надо было забежать, хоть и торопился, извиниться. Ох, дипломатия, черт бы ее побрал!

— Ну что, вспомнил наконец?

— Вспомнил. Но не понимаю, кому и зачем нужны такие подробности?

— Будем считать, что это не твоего, и даже не моего ума дело. Просто необходимо кое-что выяснить, вот мы и пытаемся докопаться. Но один момент ты правильно уловил: суть именно в мелочах, подробности — как раз единственное, что может сейчас вывести нас на новый след.

Анатолий сглотнул кровь, потрогал языком, целы ли зубы.

— Я же вас просил больше не бить меня.

— Ты сам виноват, — пожал Шпынков плечами. — Думаешь, мне большая охота кулаками перед твоим носом сучить? Ведь я же не требую от тебя чего-то невозможного, Анохин. Вопрос — ответ, куда уж проще? Однако доскональный, правдивый ответ, понял меня? Ну так продолжим? Для начала вспомним, на чем мы с тобой остановились.

— На том, как я первый раз оказался в психушке.

— Нет. Здесь мы все уже прояснили. Давай чуть дальше продвинемся. Я спросил тебя, что было потом...

Анатолий задумался.

— Что было потом... Да в общем-то ничего особенного. Я надеялся, что от меня быстро отстанут после тех моих "признаний", однако в действительности получилось совсем наоборот — приходилось подолгу нудно растолковывать, в чем я вижу неправду, каких именно людей преследуют, за что. Тут мне и подвернулась идея: я — полковник, полковник Вселенной, и ничего не надо больше объяснять. Можно быть самим собой, говорить что угодно, достаточно только в конце или середине разговора неожиданно отойти в сторону, взять под козырек и минут пять бормотать себе под нос какую-нибудь чепуху. А затем с невинным видом преподнести своему собеседнику: мол, так и так, извините, я полковник Вселенной и, ничего не поделаешь, меня периодически вызывают на связь.

— И что, тебя никогда не спрашивали, какие именно задания ты получаешь, как их выполняешь?

— Да, поначалу здесь были трудности, но потом я решил эту проблему: у меня одно-единственное на всю жизнь задание —

подробно рассказывать о том, что со мной произошло в течение дня.

– Хорошо, а теперь повнимательнее, мы наконец к главному подошли: кто-нибудь подсказал тебе мысль стать "полковником" или ты сам до нее додумался? Только не врать! – Шпынков стукнул кулаком по столу.

Анохин помялся, затем опустил голову.

– Да, был один человек.

– Ну, я говорил! А ты еще отрицал, что завербован, – подпрыгнул на стуле от радости Шпынков. – Ты и сам не знал, в какой омут тебя втянули, так тонко все было проделано, вроде как шутка, а на самом деле подцепили на крючок. Я по глазам вижу, что ты честный человек, Анохин, что ты стал жертвой обмана. Так, теперь ставлю вопрос еще конкретнее: кто был тот человек, где и когда он тебя завербовал?

– Я его смутно помню: полноватый,

высокий, нос немного вздернут. Когда меня поместили первый раз в Институт имени Сербского – знаете, наверное, такое место, – мы с ним разговорились как-то, и, когда речь зашла о "промывании мозгов", которые мне ежедневно устраивали врачи, он рассмеялся и сказал, что можно вот так сделать, и тогда все отстанут.

– Прошу поподробнее! Это очень важный момент. Он тебе предложил это сделать? Он вербовал тебя?

– Нет, пожалуй, он даже не советовал, просто сказал, что вот так можно сделать, и все.

– Внимательнее, внимательнее, Анохин! Ты прекрасно понимаешь, что вербовка была. Мы, слава Богу, уже разобрались в этом, ну так и говори конкретнее – да, мне предложили, я подумал и согласился. Вербовка была, черт побери!

– Пусть будет по-вашему. Да, мне предложили, я согласился.

– Вот так-то лучше. – Шпынков удовлетворенно откинулся на спинку стула. – Теперь подпиши. Здесь и здесь. – Он вздохнул, потянулся, затем устало проговорил: – Ладно, на сегодня заканчиваем, но еще два вопроса. Первый: тебе сразу предложили звание полковника или ты, что называется, торговался?

– Да, сразу. И я сразу согласился.

– И тебя не удивило, что звание такое высокое? Ведь по военному билету ты, если не ошибаюсь, рядовой?

– Нет, не удивило.

– Ты был настолько уверен, что справишься со своими обязанностями?

– Да, безусловно.

– Хорошо, тогда второй вопрос. – Шпынков достал из стола фотографию и показал ее Анатолию. – Это тот человек?

– Нет, ничего похожего.

ГЛАВА ТРЕТЬЯ

Собственно, как получилось? У него были свои планы, но в издательстве попросили: нужно было что-то из истории, однако популярное, актуальное, на злобу дня. Конечно же, Иван Грозный – фигура как нельзя более подходящая.

Работа была для Крупейникова совершенно неинтересная: столько белых пятен в русской старинушке, а тут по исхоженным тропам гулять. Однако отказ означал бы угрозу испортить отношения с издательством, Александр Дмитриевич слишком хорошо это понимал.

Грозный так Грозный, Крупейников потихоньку начал обычную игру с редактором, отвоевывая позиции, ожидая, что Пальчиков осадит его, когда он слишком уж зарвется. Однако тот на сей раз оказался удивительно уступчивым.

Наверное, Крупейников и сам поддался обаянию столь внезапно обрушившихся перемен, вылез из окопчика – ну как же, свобода, пока другие вокруг страшатся да подремывают, пиши, говори, что хочешь!

А может, он просто увлекся? Обнаружил в этом исхоженном что-то, чего раньше и сам не замечал? Ему ничего не надо было откапывать, все давно уже лежало на поверхности, детали, фрагменты тщательнейше были выписаны, оставалось только их соединить.

Впрочем, действовал он по привычке с крайней осмотрительностью, нигде вроде бы не переборщил – лишь начал разрушать сложившийся стереотип, вписывая тщательно в портрет норовистого царя-государя великое множество его предтеч и современников, представляя историю того периода не столько как описание придворных интриг и ратных баталий, а скорее как жесточайшую схватку духовную, кульминацию борьбы идей.

Первое препятствие, которое встретило тогда на своем пути зарождавшееся самодержавие, — всесилие власти церковников. Ясно было, что Церковь должна отойти на второй план, но как ее к тому вынудить? Два предшественника Грозного решили этот вопрос послаблением, дав волю мысли. Расцвело пышным цветом вольнодумство, затронув буквально каждого, но и само духовенство разделилось вскоре на два лагеря. Главным, как ни странно, встал вопрос о мирских богатствах, иметь или не иметь их Церкви – "стяжать или не стяжать". А богатства эти не поддавались никакому исчислению.

И вот приходит человек, на долю

которого выпал жребий раздать всем сестрам по серьгам, расставить точки над "i": нужное уложить на века по кирпичику, остальное – сор – безжалостно вымести. Он исполнен злобы против унижавших его сызмальства бояр, считавших его в лучшем случае первым среди равных, да и в отношениях с Церковью твердо намерен провести в жизнь принципы Филофеевы: царь получает свою власть непосредственно от Бога, он уподобляется Богу и подобно Царю Небесному проникает во все помыслы человека. Кроме царя, некому унять людские треволнения. Власть царя выше власти духовной, которая в сношениях с государем не должна забывать свое место.

– Вы действительно уверены в том, что вы говорите?

Должно быть, общение с

душевнобольными не всегда бесследно проходит для тех, кто их лечит, Анохин еще в первую беседу с главврачом обратил внимание, что Горохова порой вполне можно было бы спутать с кем-нибудь из его пациентов, — во всяком случае, эксцентричности в нем было хоть отбавляй.

— Вы подумайте, что вы рассказываете! Это же самый настоящий бред – делириум! Послушать вас, так у нас в подвале какой-то средневековый каземат! Быть может, вам это померещилось? Я уже более десяти лет в нашем санатории, а ничего подобного не слыхал, а вы здесь всего неделю и вдруг такое откопали! Но мы, конечно, проверим. Напишите заявление, изложите в нем подробно, что с вами произошло. – Он помолчал, затем вновь внимательно посмотрел на Анохина. – Так вы настаиваете на своих утверждениях?

— Нет, — поспешно замотал головой Анатолий, — но мне хотелось бы отсюда куда-нибудь перевестись.

— Ах вот как! — Горохов взглянул на Анохина недоумевающе, как-то сбоку, по-птичьи. Затем сделал вид, что разобиделся. — Я вас не понимаю! У нас здесь идеальные условия. Вы улавливаете разницу: тут не сумасшедший дом, не психиатрическая лечебница, а санаторий — са-на-то-рий для душевнобольных. Ни одного буйного, ни разу на моей памяти не понадобилось вмешательство санитаров, лес кругом, грибы, ягоды. Цветной телевизор. Почти никаких лекарств. А кормят как! Куда же вы хотите перевестись?

— Куда угодно! Я согласен на любой вариант.

— Боюсь, что это вряд ли возможно, — пожал главврач плечами, — но напишите,

напишите все-таки заявление, я обещаю, что сам лично им займусь.

Анохин потер лицо руками, затем взглянул на главврача просительно:

— Скажите откровенно, доктор, шансов никаких?

Тот побарабанил пальцами по столу и проговорил уклончиво:

— Боюсь, что вы здесь не случайно. Характер вашей болезни как раз в том русле, на котором мы специализируемся. Так что вам повезло. Вы понимаете меня?

— Да, конечно. — Анохин кивнул.

— Можешь убираться к своей старухе! — Марина была близка к истерике. — Я же вижу! Ты стал ко мне гораздо холоднее и мыслями уходишь от меня все дальше! Иди, иди к ней, я тебя не держу! Обойдемся и без тебя с Сашенькой!

Крупейников в растерянности смотрел на жену. Что случилось? Чем объяснить такой нервный срыв? Ей ведь нельзя сейчас волноваться.

– Подожди, Мариночка, объясни толком.

– А тут и нечего объяснять. Звонила твоя ненаглядная, интересовалась, где ты есть. Вот ты мне и объясни, с какой это стати? Ты же мне клялся и божился, что не поддерживаешь с ней никаких отношений.

Ах, Господи, что за бестактность! Неужели надо было Зое сюда ему звонить? Что за срочность такая? Неужели не могла там, на той квартире его поймать?

Машенька, словно прочитав его мысли, вперила в Крупейникова взгляд своих незабудочных, кротких глаз.

– Я знаю, что ты с ней встречаешься, – проговорила она зло, – и до сих пор с ней спишь – это точно. Наверняка она и звонила тебе по поводу свидания. Ты должен прекратить всякие общения с ней. Я не хочу быть у тебя в служанках! Я тебя просто прошу, Саша… – Она вдруг беспомощно расплакалась. – Пойми, мне стыдно людям в глаза смотреть! Что ты со мной делаешь?

Он обнял ее, и она прильнула к его груди, вся загоревшись внутри, лишь только он ладонью провел по ее волосам.

– Я такая злая, противная, ты уж прости, Саша, – пробормотала она в раскаянии, – понимаешь, они тут поют мне с утра до вечера, настраивают. Я обычно сдерживаюсь, а тут вот сорвалась. Я так люблю тебя и так боюсь тебя потерять! – Она била его кулачком в грудь, видно для того, чтобы он глубже понял ее признание.

И зажглись два тела огнем, ровным, праздничным. И, словно почувствовав что-то, как всегда не вовремя закричала

Сашенька.

– Подожди, подожди... Пускай, пускай... – шептала Марина. А потом, счастливая, гордая, выскользнула змейкой и помчалась к детской коляске, стоявшей на балконе, на ходу вдевая руки в халатик.

Крупейников долго еще лежал в растерянности, вдыхая аромат ее тела, продолжая ощущать каждой клеточкой своей ее прикосновения.

Любовь? Что такое любовь? И кто это придумал, что любовь должна быть одна-единственная и на всю жизнь? И кто задолбил нам в голову, что, снова влюбившись, прежнюю любовь нужно предать? И почему, если любовь прошла, нужно считать ее неполноценной, недостаточной, недолюбовью, ошибкой ее считать?

И все-таки... И потом, в метро, мысли, увязавшись за Крупейниковым назойливым роем, не покидали его.

"Не понимаю, не понимаю тебя", – робко сетовал его рассудок.

И все-таки... Неужели ревность Марины имеет под собой хоть какие-то основания? И этот непонятный поступок Зои, на нее совсем непохожий? Она ведь совершенно спокойно восприняла поначалу факт женитьбы Александра Дмитриевича, как нечто само собой разумеющееся, удивившись даже его выбору не больше других. Во всяком случае, никаких недоразумений на сей счет у них никогда не возникало, да и не могло возникнуть.

Крупейникову вдруг захотелось вспомнить что-то неприятное из их отношений с бывшей женой... Умом он понимал тогда, по какой причине Зоя стала гулять от него, но сердцем не мог с этим примириться. Наверное, как-то по-другому можно было бы решить проблему, берут же люди, к примеру, на воспитание чужих детей. Но она не верила, что причина в ней, и даже сейчас, когда, казалось бы, все очевидно, поверить не способна.

Умом он понимал... Но когда узнал (а всегда найдутся "доброжелатели"), уже не смог относиться к Зое по-прежнему, хотя единственное, что изменилось, — прекратились их интимные отношения. Он тогда с головой ушел в кандидатскую и, может быть, долго еще терпел бы. Но она не просто упорствовала в своих заблуждениях, а растравляла рану, тормошила и тормошила его. Пока наконец, в порыве крайности, не выгнала его из дому...

Нет, это уж слишком, не стоит так бередить душу. Все и так достаточно свежо в памяти: мотания по частным квартирам — унижения бездомного пса, пьяницы-соседи. Постоянные попытки примирения, слезы раскаяния. Но он был непоколебим, хотя прав ли? Все в ту пору висело на волоске: кандидатская, московская прописка, пока наконец не подоспела его очередь на кооперативную квартиру. Столько лет ушло, чтобы нормализовать положение, зачем же сейчас прошлое ворошить?

Наверное, осталось у них больше, чем дружба. Тесть и теща встречали Александра Дмитриевича с неизменной приветливостью, и он не чурался бывать у них, у Зои всегда были ключи от его квартиры. Они и сейчас у нее. Но в чем-то сверх того его подозревать...

Хотя и этого Марине более чем достаточно. Во всяком случае, непонятно, но ему, Крупейникову, непонятно было бы, если б было наоборот. Почему все люди должны быть одинаковыми? Всегда, при всех условиях и невозможностях человек должен жить по-человечески – в единении со своей душой.

Уж коли день с утра пошел наперекосяк, то его не выправишь. Вот и сейчас, вспомнив, что ему надо позвонить и спустившись вниз, на первый этаж "Исторички", Александр Дмитриевич наткнулся на очередь у телефона-автомата. Такое здесь редко бывало, да и что бы ему позвонить хотя бы от метро?

Лишь минут через двадцать ему наконец удалось услышать в трубке голос Шитова.

– Юрий Николаевич? Это Крупейников. Вы меня разыскивали?

– Да, я звонил. Как там с рецензией, Александр Дмитриевич? Пальчиков передал вам, что я в отпуск ухожу?

— Конечно, конечно, Юрий Николаевич. Но... — Крупейников замялся, на чем свет кляня мысленно свою интеллигентскую мягкотелость. — Мне крайне неудобно перед вами... однако поверьте: ей-богу, я сделал все, что мог. Да, собственно, и уговор у нас был, как вы помните. только попробовать, не получится, так не получится. Ну а как могло получиться — тут не моя стезя совершенно... Нужен какой-то другой человек, специалист. Уж не знаю кто, психиатр, что ли? Это вам виднее.

Шитов помолчал огорошенно, затем заговорил медленно, вкрадчиво, стараясь сдержать охватившую его ярость:

— Я все понимаю, Александр Дмитриевич. Однако видите, как получилось: и вы, и я замотались, а теперь уж... полное отсутствие времени, цейтнот, так сказать. Пожалейте меня: путевка на руках, билеты на самолет куплены. – Он посопел в трубку. – А коли не хотите пожалеть, то хотя бы выручите, я вам тоже не раз еще пригожусь. Да и что там отзыв какой-то? Стиль, слог, что ли, надо оттачивать? Это ведь для внутреннего пользования, день работы, ну, максимум, два.

Крупейников вздохнул.

– Дело не в дне и не в двух, Юрий Николаевич. Я ведь так и этак, не единожды пытался. Вот психиатр тут точно, без промаха.

Шитов начал заводиться.

– Господи, Александр Дмитриевич, да какой же психиатр? Он такое наплетет, год будешь в одних терминах разбираться и ни хрена не поймешь. Да и где я вам найду психиатра-то? У нас не больница. И зачем? Если бы нам диагнозы были нужны, а то просто мнение. Но достаточно веское мнение. Мне-ни-е! Я, такой-то, вот так, и именно так, считаю. И все!

Крупейников молчал. "Ну, уговоры кончились, сейчас начнется выворачивание рук", – подумал он тоскливо.

Однако ничего подобного не произошло. Шитова вдруг осенило, и он сразу же убавил голос на полтона ниже:

– Впрочем, да что мы с вами... Конечно, вы правы, Александр Дмитриевич. Может быть, я действительно требую от вас невозможного. А зачем? Какие сложности? У меня ведь рецензентов-то под рукой как собак нерезаных, тут же, в кабинете, не сходя с места диссертацию целую настрочат. Кому не хочется заработать? Одному вам! Все! Решено, никакой рецензии! – Он помолчал, затем вздохнул умоляюще. – Но справочку-то, совсем маленькую, крохотную, вы можете для меня соорудить?

— Батенька, помилуйте, да какая справочка? — Крупейников осмелел, почувствовав, что вот-вот вывернется. — Если бы там хоть на полкопейки было что-то историческое. Причем тут я вообще?

— Э, нет! — Здесь, хоть и вперемешку с весельем, уже послышался металл. Ловушка захлопнулась. — Это уже не-у-ва-же-ние, Александр Дмитриевич, я никак иначе не могу расценить. Во-первых, отчего же не история — целый период, отныне в Бозе почивший? А во-вторых: скромничаете, да еще как скромничаете, Александр Дмитриевич. Я же помню те ваши статьи о брежневских "психушках". Хотя вы потом к этой теме не возвращались, но стоите, так сказать, у истоков ее открытия, да и материалы ваши до сих пор сохранили свою актуальность. Так что вам и карты в руки, кому же еще? Просто замечаньице, пометочка. Комментарий, если хотите! Это вам ничего не будет стоить, а уж мне-то как будет хорошо!

Крупейников понял, что ему не остается ничего другого, как только уступить. Да, отказаться и в самом деле удобнее было по телефону, вот только не здесь, когда за твоей спиной не просто нетерпеливая очередь, а еще и приходится как бы раздеваться на глазах у людей, которые прекрасно разбираются в том, что ты говоришь. Он с досадой вернулся за свой стол в научном зале и пододвинул к себе папки со ставшим вдруг камнем преткновения на его пути "плодом творческих мук" неизвестного автора. "Грязная работенка, но никак не отвертеться. Ладно, день все равно пропал, хоть с этим, по крайней мере, разделаюсь, а завтра уж за свое "творение" примусь".

ГЛАВА ЧЕТВЕРТАЯ

— Ну, наверное, это можно было бы сделать как-нибудь по-другому.

— А как? Как по-другому, Саша? В библиотеке тебя не застанешь, на квартире я тебе трижды записку оставляла с одной только просьбой: позвони. Ты позвонил? Дома у нас ты год не появлялся. Не пойми меня превратно, просто хотела узнать, как ты, все ли у тебя в порядке, только и всего. Или уж и этого нельзя теперь? Так и скажи, я не буду больше беспокоиться.

— Да нет, зачем же, я очень рад, что ты меня не забыла. Но... тебе трудно понять, здесь совсем по-другому на подобные вещи реагируют...

— Ну и что? Ты-то сам, надеюсь, не переменился?

— Нет. Но все-таки я хочу попросить

тебя...

— Ясно. Забыть этот номер телефона? Единственная просьба?

Крупейников вздохнул с облегчением.

— Да, но ты, пожалуйста, не обижайся. Как у тебя, без изменений?

— Есть кое-что, но не по телефону об этом говорить? Так отчего ты ушел в такое глухое подполье? Книга?

— Не только...

— А, понимаю... Дочь?

Крупейников замялся, ему не хотелось распространяться, что это тоже не телефонный разговор, — сразу же возникло бы предложение о встрече. Не то чтобы он не хотел сейчас видеть Зою, наоборот, она была очень нужна ему, больше просто не с кем было посоветоваться... Но не сейчас, чуть позже, что-то он сам предварительно должен себе объяснить.

– Знаешь, все сразу как-то так навалилось... Без привычки тяжело. Столько лет жил спокойно, размеренно, а тут одни заботы. Ты и представить себе не можешь, сколько времени тратится на всякую чепуху. Но, думаю, все наладится, утрясется.

– Вряд ли, – хмыкнула Зоя. – Впрочем, не буду вмешиваться в твои личные дела. Главное я выяснила – ты жив, здоров, чего и мне желаешь.

– Безусловно.

– Тебе привет от моих. Отец, кстати, совершенно не удивляется, в отличие от нас с мамой.

– Спасибо. Не ругай меня. Я тебя очень часто в последнее время вспоминаю.

– Заметила. Икается постоянно.

– Я серьезно. Есть кое-что, в чем мне без тебя не разобраться.

– Ну конечно. Я ведь твой единственный

друг. Кстати, ты об этом не задумывался? Куда они все, остальные-то, подевались?

Неприятная мысль. Женщины не могут без шпилек. И все-таки где они, друзья? Или, может, жизнь такая пошла, что каждый сам за себя? Или он слишком в свое средневековье углубился?

— Я никуда не пойду. Еще раз вам завлечь меня в свой подвал не удастся.

— Глупо сопротивляться, Анохин. — Шпынков поморщился. — Ты не смотри, что я вроде такой же, как ты, — в халате и пижаме, стоит мне только свистнуть, и тебя в тот подвал на руках отнесут. Своим упрямством ты просто вынудишь нас к крайним мерам. Я уже показывал тебе в прошлый раз кое-какие "инструменты", которыми мы в таких случаях пользуемся. Знаешь, с чего я начну? С обыкновенной иголочки. Ты даже не представляешь себе, что с человеком начинает делаться, если загнать ему такую вот иголочку под ноготь. Ну а чем я закончу, ты и сам, наверное, догадался: что человеку может доставить самое большое наслаждение, в том таится для него и самая страшная боль. Ну да ладно, мы еще встретимся, никуда ты от меня не денешься. А пока стой здесь, мне нужно о тебе переговорить.

Анохин подождал немного, а когда хотел было уйти, его тронули сзади за плечо.

— Здравствуйте, Анатолий Сергеевич! — приветливо улыбнулся худощавый, подтянутый, с тонкими усиками человек. — Рад с вами познакомиться. Фамилия моя Дюгонин, но предлагаю без официальностей, так что зовите меня Игорем Валентиновичем. — Он с минуту смотрел на Анохина как бы изучающе, затем неожиданно расхохотался. – Да расслабьтесь вы! Не идет вам такая постная физиономия. Никто вас не будет больше бить. Пока, во всяком случае. С вами теперь будут общаться интеллигентные люди, которые всегда могут вас понять и... оценить. Это ведь так приятно, не правда ли, Анатолий Сергеевич? – Он еще раз с иронией посмотрел на Анохина и снова довольно хохотнул: – Как говорится, мелочь, а приятно! А?

Игорь Валентинович был нисколько не обескуражен отмалчиванием Анохина; казалось, доброжелательности и искрометности его не было предела.

– Я вот тут два лукошка прихватил, предлагаю пройтись за грибочками, заодно и поболтаем немного. – Он взял Анохина под руку и увлек за собою: – Да не стойте вы столбом! Пойдемте, пойдемте, Анатолий

Сергеевич, я понимаю, вы совершенно ошеломлены такой неожиданной переменой, но стоит ли зацикливаться на том, что с вами произошло? Так, нелепый сон, не больше... Однако тем прекраснее пробуждение, поверьте мне. Отвлекитесь, отвлекитесь, хватит вам дуться, присмотритесь вокруг повнимательнее, ужель это не счастливая перемена к лучшему в вашей судьбе? Совсем ведь не то, что было прежде. Как у нас здесь расчудесно! Видите? Никаких заборов, колючих проволок. Все, все для человека! Человек просто обязан в таких условиях собраться, привести нервы в порядок, отдохнуть. — Он помолчал и добавил многозначительно: — И выздороветь в кратчайшие сроки.

Анатолий метнул на Дюгонина быстрый взгляд, уловив в словах его намек на то, что Игорю Валентиновичу уже известно о его разговоре с главврачом.

– Да, да, – усмехнулся Дюгонин, подтверждая его мысли, – вы ведь во многих местах уже побывали, почему же не можете оценить преимущества здешнего райского уголка? Почему вам так хочется его покинуть?

"Он не так прост, как на первый взгляд кажется", – Анатолий понял, что проиграл начало в этом психологическом поединке, и ему ничего не оставалось, как снова промолчать.

Дюгонин вздохнул.

– Не хотите говорить? Дело ваше. Однако умно ли это?

– Мне не о чем говорить. Я уже все рассказал, что знал.

– Вы так считаете? Ну, до всего еще далеко, Анатолий Сергеевич, ох, далеко! – Дюгонин сокрушенно покачал головой, пощелкал языком. — Очень, очень много неясного...

— Нельзя ли поконкретнее? — оборвал своего собеседника Анохин, избрав тактику взорвать его, вывести из себя, пробиться сквозь фальшиво-накладное его доброхотство.

Но с Игорем Валентиновичем такое не проходило, он был сама лучезарность. Впрочем, тут же посерьезнел, поделовел.

— Ну давайте хоть присядем, что ли, а то все равно без толку наш поход, подберезовичков пять уже пропустили.

Он расположился с краю небольшой полянки, пристроил рядом оба лукошка, ни одно из которых Анохин так и не взял, снял пижамную куртку, обнажив мускулистый, без дутой накаченности торс. Затем потянулся и с наслаждением упал на спину в траву.

"Облака плывут, облака. В милый край плывут..." Помните такую песню? – чуть насмешливо спросил он, покусывая травинку.

– Да, Александр Галич. Помню... – рассеяно кивнул Анохин.

– Ну а коли помните, так давайте работать. Я несказанно рад вашей благонастроенности. Ведь без вашей помощи тут никак не разобраться. Вы по-прежнему утверждаете, что все нам поведали?

– Разумеется.

– И чего бы вы пожелали в таком случае за свою искренность?

– Вы прекрасно знаете чего – освобождения. В чем меня вообще можно обвинить? Что я не такой, как все?

Дюгонин покачал головой, ехидно улыбнулся:

– Ну, знаете ли, Анатолий Сергеевич,

этого, кстати, более чем достаточно для обвинения. Но, к счастью, в нас нет ничего, даже отдаленно, зверского. Ваше устремление вполне реально, что может быть проще? Однако вот беда... Все даже не в наших, а в ваших же руках: осталось лишь кое-что уточнить... Но тут все рассыпается из-за вашего непонятного упрямства. Я несколько раз перечитал записи ваших... э-э... бесед с моим коллегой, там постоянно встречаются несуразности, недоговоренности, даже противоречия.

– В чем именно?

– Да сколько угодно! Сколько угодно! – Дюгонин, как бы входя в азарт, резко вскочил, сделал несколько шагов сначала в одну, затем в другую сторону. – Вы меня поймите правильно, Анатолий Сергеевич, я действительно могу и хочу дать такое заключение, какое вы подразумеваете: что вы искренни, что вы безусловно раскаялись и даже то, что, по существу, произошло недоразумение, во всяком случае – что вы не представляете для нас никакого интереса. Такое возможно, да, несомненно. Однако, – тут он присел на корточки и заглянул подобострастно в глаза Анохину, – нам надо как-то вместе все пологичнее объяснить. Я ведь не только под Богом, а еще и под начальством хожу. Не поймут!

– Чего не поймут?

– Да как же! Как же поймут! – Дюгонин взвился. – Я же вам говорил: тут на каждом шагу непонятное! Не-по-нят-но-е. Вот, к примеру, возьмем хотя бы одно прелюбопытнейшее обстоятельство. Пустячок, однако... Вы не подумайте, что я придираюсь к вам, вы сами меня так выставляете. Вы утверждаете, что вы полковник...

– Допустим. И что же дальше?

– Но коли дальше... значит у вас есть начальники и есть подчиненные. Не так ли? Так получается! Мне нужны конкретные имена.

Анатолий вздрогнул, ему все сложнее было обороняться. Затем вздохнул с непритворным отчаянием.

– Не представляю, я уже столько раз говорил об этом. О каких именах идет речь? Вы, должно быть, что-то путаете? У меня нет начальства и нет никого в подчинении.

– Такого не бывает... – Дюгонин покачал головой. – Не бывает. Подумайте сами, Анатолий Сергеевич, возможно ли найти вообще во всем белом свете хоть кого-то, кому бы не приказывали и кто бы, в свою очередь, чью-то волю не исполнял? Еще Джон Донн – вы, конечно, помните – сказал, что человек не может быть как остров, сам по себе. И уж во всяком случае островов-полковников мне лично встречать не доводилось.

– Но вы же прекрасно знаете, что мое звание – не более чем шутка.

Дюгонин встрепенулся:

– Вы отказываетесь от своих прежних показаний, я вас правильно понял?

Анатолий вздрогнул при воспоминании о Шпынкове и, помолчав с минуту, устало вздохнул.

– Хорошо, считайте, что вы меня убедили. Пусть будет по-вашему. Однако как же мне удовлетворить ваше любопытство? Кто мной командует? Это ведь очень непросто объяснить. Особенность нашего контингента как раз и заключена в непривычной для вашего понимания самостоятельности. Я не знаю заранее, какой человек выполнит мою волю, волю какого человека я сам стану исполнять. Я знаю одно: что я не подвластен ни сам себе, ни каким-либо людям, облеченным властью, что-то заложено в моем мозгу, что руководит всеми моими мыслями и поступками. То есть, я вовсе не опасный, а скорее несчастный человек.

– Ну что ж, по крайней мере, искренний ответ, – кивнул Дюгонин. – Кто-нибудь другой на моем месте, Анатолий Сергеевич, давно уже начал бы топать ногами и кричать на вас. Как видите, я не таков. И в самом деле, как можно требовать от вас разъяснить то, что вы еще сами не осознали? Давайте так: я попытаюсь облегчить вам задачу, спрошу теперь по-другому. Забудем на время о том человеке, который побудил вас стать "полковником", однако постарайтесь вспомнить какими идеями, мыслями вы потом в своей деятельности руководствовались? Пусть не покажется вам мой интерес праздным, и не беда, если даже мы начнем здесь с каких-нибудь мертвецов: писателей, философов – рано или поздно, но по цепочке мы неизбежно доберемся до живых людей. И тогда в этой цепочке все выстроится по порядку, найдутся там и те люди, которые вам отдавали приказы, и те, которым приказывали вы. Однако Бога ради, Анатолий Сергеевич, не подумайте, что я хочу сделать вас предателем, доносчиком, речь у нас с вами с самого начала идет исключительно о вашей перевербовке.

– Перевербовке? – вскинул брови Анохин. – Как это?

Игорь Валентинович снова заулыбался, включив на полную мощность свое обаяние.

– Все очень просто, проще некуда – до этого вы работали против нас, отныне будете работать на нас. Здесь нет ничего удивительного, такое часто бывает. Я даже имею полномочия вам сообщить, что мы согласны оставить вам прежнее звание. Да-да, вы останетесь пол-ков-ни-ком со всеми вытекающими отсюда правами и привилегиями. Вот видите, как много я для вас сделал. О подобных условиях можно только мечтать. Я знаю, что вы согласны, по глазам вижу, да и невозможно на такие условия не согласиться. Вы знаете, кстати, в каком я звании? Всего лишь майор! Так что вы сразу меня обгоните! Ничего не поделаешь, так уж у нас, русских, повелось: блудный сын всегда предпочтительнее праведного. С формальностями мы можем тут же покончить, но если вам нужно время подумать – извольте! – Он наклонился поближе к Анатолию: – Только не говорите мне сразу "нет". Как вы понимаете, для вас это единственная возможность остаться в живых.

— Ну, речь здесь, как вы и говорили, Юрий Николаевич, идет о знаменитых "брежневских психушках", специалистом по которым вы меня столь незаслуженно считаете. Да, помню, было у меня несколько небольших статеечек — использовал материал, который собирал когда-то к книге, но уж знатоком в этой области меня никак не назовешь.

— А как вы вообще этой темой заинтересовались?

— Я и не интересовался, собственно. Просто увлекся как-то историей русского юродства, а там незаметно дошел и до наших дней. Мы ведь о лагерях да захоронениях кое-что уже знаем, но есть еще они — невидимые миру слезы. И если те мои статьи до сих пор у вас в памяти, то вы обратили внимание, наверное: ни патологии, ни политики – лишь одна, всего лишь одна линия мной в ней исследовалась: "блаженненькие", как их когда-то в народе называли. Считалось, что они оттого таковы, что вобрали в себя боль мира, что они ближе к Богу, а оттого и не могут найти себе место среди "нормальных" людей.

Шитов кивнул.

– Да, вы правы, конечно. Я сейчас как раз Карамзина перечитываю, помните тот эпизод, когда Грозный прежде чем учинить после Новгорода в Пскове погром, пришел к Николе Салосу с поклоном, а тот бросил к его ногам кусок сырого мяса? Царь взбеленился: "Что ты, я сырого мяса не ем. Да и пост сейчас Великий!" "Так отчего же ты вновь хочешь учинить людоедство?" – был ему ответ. И Грозный смолчал, от Пскова отступился. Вот ведь люди были, даже цари на них руку поднять не осмеливались.

Крупейников покачал головой.

— Эх, не верьте вы всему, что написано, дорогой Юрий Николаевич. Тот случай, что Карамзин приводит, документально никакими источниками не подтвержден. Слухи, легенды — несть им в истории нашей русской числа. Равно, как и миф о том, что "цари руку не поднимали". Поднимали, голубчик, еще как поднимали. И во времена Грозного арестовывали "юродов" сих и уничтожали, и до него, и после. Правда, делали это втихомолку, осуждения народного побаивались, но кара за невоздержанность на язык всегда была у нас неминуемая.

— Ну а как же Василий Блаженный? Что вы о нем скажете?

Крупейников рассмеялся в последней

попытке прогнать непонятное владевшее им напряжение.

– Так, батенька, тут уж вы совсем попались. Василий-то Блаженный, будет вам известно, как раз и знаменит был тем, что ходил по Москве голый и всегда молчал. Даже об Иване Большом колпаке нельзя утверждать достоверно, что он и в самом деле Годунова изобличал.

– Что ж, поймали вы меня, Александр Дмитриевич, – раздосадованно пожал плечами Шитов, – сдаюсь, никак не ожидал, что окажусь таким профаном. Но где же ваша книга? Она бы вмиг меня просветила.

– Книга? Так ведь я вам факты привожу и до меня в достаточной степени исследованные, вот только почему-то принято считать, что после Соловьева да Ключевского русская история как наука вымерла. А она с тех пор далеко ушла. Так что книгу хоть завтра, Юрий Николаевич, и не одну, а сколько изволите. Но кто же возьмется их издать? Уж не вы ли? А посему давайте-ка лучше вернемся к роману, мы и так слишком далеко в сторону от него отвлеклись. Конечно же, тут чистейшей воды фантастика, неверна, в частности, сама постановка вопроса. Герой здесь подвергается одновременно двойному насилию: не только со стороны врачей, но и со стороны "больных". То есть, чисто искусственно переносится схема тюрьмы – зверства уголовников над политическими. Чепуха, одним словом – слышал звон да не знает, где он. В том-то и ужас как раз, что в действительности все было гораздо обычнее, гораздо страшнее: электрошок, укол. Вроде как Федот, да уже не тот. А "не тот Федот" уже ни о чем не расскажет, опять же – вроде как есть человек, а и нет его. Вот и попробуйте что-нибудь доказать, собрать какой-то материал. Есть, конечно, кое-что проскальзывает, но на что тут надеяться? На то, что какой-нибудь палач из той же Сычевки или откуда еще в этом роде мемуары покаянные напишет? Так ведь опять вся история будет лишь с его слов. То есть, как вы уже поняли, тема эта весьма обширная и в двух словах ее не пересказать, так что судите сами, в сколь трудное положение вы меня поставили. Но вы же меня из него и вывели, предложив спасительный вариант. Вот отчего я не стал касаться конкретно текста, в нем, должно быть, какие-то аллегории, аллюзии, это явно не по моей части. И вот вам итог моих долгих размышлений, просто справка, пометка – комментарий, которого вы от меня и просили: где, когда, какого рода "больные" помещались, какие методы "лечения" к ним применялись, каков был обычный "исход". Без персоналий, исключительно общий обзор. – Он замолчал, выжидающе глядя на Шитова, затем пробормотал: – Я, впрочем, могу и более детально, совсем уж по полочкам, разобрать...

– Да не надо, не надо, – протестующе замахал рукой Шитов, пробегая глазами рукопись, – я и так уже вижу. Изложено все логично, четко, как раз так, как требуется. То, что называется, "не в бровь, а в глаз". Дальше уже моя работа. – Он наконец поднял голову и с неимоверным облегчением вздохнул. – Вы даже и представить себе не можете, Александр Дмитриевич, какой вы камень сняли с моей души. Столько развелось их сейчас, этих графоманов, лезут во все щели, как тараканы, – хищные, настырные. Ну, обычного автора отошлешь: вы на верном пути, работайте – так он через год-два только придет, а эти за неделю могут целую эпопею отгрохать. Все, собаки, описывают: как он встал, что за завтраком ел, какие мысли его при том посещали. Да еще некоторые навострились на диктофон набалтывать. Пока машинистка ему один роман отпечатывает, он, глядишь, уже другой, новый, натрепал. Ну да ладно, заговорился я, спасибо большое, я теперь ваш должник.

ГЛАВА ПЯТАЯ

"– Башкин отделяет Сына от Отца, – грозно сверкнул глазами Макарий, – равенства их не признает. Говорит: если я Сына прогневлю, так Бог Отец при втором пришествии освободит меня от мук, а если Отца прогневлю, так Сын меня не избавит.

Артемий чуть заметно повел плечами, спокойно выдержав испытующий взгляд митрополита:

– Матвей ребячье делает и сам не знает, что выдумывает. А в Писании того нет, не писано и в ересях. Знание его шатко, незрело, но почто же не мог отец Симеон его в вере укрепить? Ведь сомнения его не от ереси идут, а от неведения.

Макарий свирепо раздул ноздри:

– Матвей еретик, иначе бы не сидеть ему здесь сейчас перед нами. Вина его достаточно ясна, и нет никаких сомнений в том, что он заслуживает самой мучительной казни.

– Меня вызвали еретиков судить. Судить, а не предавать их казни. Да здесь и еретиков нет, и в спор никто не говорит.

Макарий рассмеялся скрипуче и огляделся, как бы призывая весь Собор Священный в свидетели:

– Как же не еретик Матвей, коли он молитву написал одному Богу Отцу, а Сына отставил?

– Нечего и выдумывать было: ведь есть молитва, написана, Манассии к Вседержителю.

– То было до Рождества Христова, а кто теперь так напишет, тот еретик!

– Но Манассиева молитва в нефимоне в большом написана и говорят ее.

Макарий не вытерпел, ударил кулаком по

столу и злобно выругался.

– Если ты виноват, то кайся! – уже закричал он.

– Не в чем мне каяться, – все так же выдержанно ответил Артемий, – я так не мудрствую, как на меня сказывали, все это на меня лгали: я верую в Отца и Сына и Святого Духа, в Троицу Единосущную!

– Зачем же ты убежал тогда самовольно? – Митрополит ехидно улыбнулся и глубокомысленно замолчал, как бы вновь призывая в свидетели Собор.

– От наветующих меня убежал! – пожал плечами Артемий. – До меня дошел слух, будто говорят про меня, что я не истинствую в христианском законе; я хотел уклониться от молвы людской и безмолвствовать.

– Кто же эти наветующие на тебя? И отчего ты не бил челом государю и нам, не свел с себя навета, а бежал из Москвы безвестно? Вот это тебе и вина. Что же ты молчишь?.."

Крупейников вдруг ощутил в себе то радостное возбуждение, которое всегда охватывало его, когда он бывал переполнен, когда единственным стремлением его становилось – разрешиться от бремени мыслей, распиравших, разрывавших его изнутри.

Он никак не ожидал, что все так просто, думал, что придется долго перекраивать текст, переписывать, а предстояло лишь одно место чуть-чуть расширить, углубить. Не перемещая основного акцента, но показав, с какого момента началось омертвение. Стало меньше пищи уму и усыхать, иссякать стала понемногу Мысль. Всякая Смута начинается в душе, но началась она не тогда, когда было дозволено сомнение, а тогда, когда было принято решение положить сомнению этому конец. Собор 1553-54 годов...

"В лето 7062, в царство Православного и Христолюбивого и Боговенчанного Царя и Государя и Великого Князя, Ивана Васильевича, всея Русии Самодержца, бысть повелением его Собор в Царствующем граде Москве…".

После Стоглава, собора 1551 года, Церковь рвалась взять реванш за поражение, нанесенное ей молодым царем, Грозному же, наоборот, хотелось не только закрепить достигнутые успехи, но и продолжить подчинение церковников свирепой, кровавой своей власти. "...На безбожного еретика и отступника православной веры, Матвея Башкина, и на иных, так же мудрствующих..." "Отступник Матюша" как нельзя более подходил в качестве предлога к этой долгожданной для обеих сторон "сшибке".

"Любовь, яже по Бозе, безумна мя творит", любовь, в той мере, в которой она заповедана нам Христом, обрекает нас на страдание, безумие в сей, земной нашей жизни – эти горестные строки Артемия Троицкого, перефразирующие апостола Павла, в какой степени их можно отнести к Матвею? Что именно: юродство, тщеславие, недомыслие заставило его попроситься на исповедь к священнику Благовещенского собора Симеону? "Пришел на меня сын духовной необычен и многие вопросы мне простирает, все ж недоуменны, многих вещей спрашивает во Апостоле толкования, и сам толкует, толкует, только не по существу, развратно", – поспешил тот доложиться приближенному царя священнику Сильвестру, на что получил недвусмысленный ответ-совет от него: "Не знаю, каков тот сын у тебя будет, а слава о нем носится недобрая".

Действительно, надо было быть либо святым, либо сумасшедшим, во всяком случае точно не от мира сего, чтобы припожаловать с такой кротостью и радостью прямехонько к волку в пасть. Конечно, попы тут же донесли о "сыне необычном" Ивану Грозному, ну а дальше – стоит ли объяснять?

Но почему именно Матвей? Ведь были фигуры покрупнее: Максим Грек, Вассиан Патрикеев. В конце концов, наирадикальнейший среди русских ересиархов Феодосий Косой. Чем этот человек вызвал такое отторжение, если даже потом, многие десятилетия после его смерти, тщательно вымарывались, где только возможно, всякая память, малейшие упоминания о нем? Исчез бесследно ящик № 222 из царского архива, где хранились документы процесса над Матвеем, сгинули и другие, связанные с ним грамоты, акты. Между тем, чем дальше углубляешься в то немногое, что осталось о нем, тем больше сомнений возникает в его еретичестве.

— Почему вы обманули нас? "Не узнали" того человека, который вас завербовал?

— Я и сейчас, наверное, вынужден буду вас разочаровать. У меня нет сомнений: лицо с фотографии даже отдаленно не напоминает человека, о котором вы говорите.

— Да, но, к сожалению, это совершенно не состыковывается с теми сведениями, которые мы имеем. Одно из двух: либо вы осознанно вводите нас в заблуждение, Анатолий Сергеевич, либо где-то в другом месте этой цепочки получается сбой. Подумайте хорошенько, это принципиальный вопрос. Мы ведь пойдем даже на то, что представим вам фотографии всех тех, кто с вами в то время находился в Институте Сербского, и тогда у вас не останется выбора.

— Я готов ко всему. Но мне нечего добавить к тому, что я уже вам сказал.

— Хорошо, ну а как насчет того предложения? У вас было время подумать. Итак, вы с нами?

— Я не могу пока ответить определенно. Слишком много вопросов, в сути которых я пока не в состоянии разобраться.

— Ну, если дело только за этим, я готов ответить на любой ваш вопрос.

— Это очень кстати, не премину воспользоваться вашей любезностью. Для начала скажите: я здесь действительно не случайно?

— Разумеется. Но вы сами себя сюда

завлекли. Просто вы надеялись, прикинувшись сумасшедшим, избавиться тем от власти общества, но попали в результате как раз строго по назначению.

– Еще один вопрос: вы сами считаете меня сумасшедшим?

– Смотря по тому, что подразумевать под этим словом. Психически вы совершенно здоровы, с точки зрения социальной – аномалия, то есть имеете все основания считаться свихнувшимся. В чем ваша опасность? Вы и такие, как вы, мешаете человечеству продвигаться вперед. Вы слишком поражены червем сомнения, на вас слишком давит груз прошлого, вас невозможно увлечь тем, что всегда было для человечества мечтой: новое, идеальное, справедливое общество и новый, совершенный человек. Нужна духовная селекция, в результате которой такие люди, как вы, вымерли бы. Но гнилое, мерзкое в человеке, к сожалению, слишком живуче. Оттого мы до сих пор пока не можем с вами и вам подобными справиться. Естественный отбор тут не поможет, нужна целенаправленность, сила.

— Сила — не аргумент для таких, как я.

— Сила — всегда аргумент. Человек — червяк, ничего не стоит уничтожить его физически. Но в одном вы правы, идеи куда живучее, а оттого неизмеримо опаснее, чем сама личность, которая их произвела. И тут как раз важность силы чрезвычайно велика. У нас здесь у каждого свои задачи. Моя задача одна из самых сложных: уничтожать память о человеке, его духовные следы. Есть у нас люди, которые занимаются и куда более важными, сложными вещами: уничтожают мысли, идеи, когда в готовом виде, когда в зародыше. Ну а то, что не удается уничтожить, можно дискредитировать, сдержать или нейтрализовать на неопределенный срок. Это интересная работа, ручаюсь вам – она могла бы занять собою весь ваш интеллект.

– Если я вас правильно понял, в этом "санатории" вообще нет сумасшедших?

– Ну что вы, сколько угодно! Единственная особенность в том, что здесь люди не столько сумасшедшие, сколько помешанные, причем не просто помешанные, а помешанные на политике. Это и позволило одному человеку, работавшему здесь когда-то главврачом создать совершенно уникальную модель. Начал он с того, что стал коллекционировать всякого рода Бисмарков и Наполеонов, затем принялся их между собою сталкивать, дальше – больше, и поехало-пошло. Когда мы обнаружили сей феномен, первым нашим поползновением было прикрыть эту лавочку, но потом мы поняли, какие возможности она нам может подарить, и все оставили как есть. Главврача того мы заменили, но он остался в штате и опыты свои продолжает. Конечно, для высокого начальства это обыкновенная спецпсихушка, трудно сказать, как там, наверху, поступили бы, узнав, чем мы на самом деле здесь занимаемся, во всяком случае, мы не стали рисковать и раскрывать им свои карты. Так что, пока живем, слава Богу. И уж каких только метаморфоз, переворотов мы здесь не насмотрелись! Беда только — некуда опыт этот применить. Но, думаю, когда-нибудь он обязательно понадобится. Главное, впрочем, мы уже выяснили — нет даже особого смысла вникать, чем они там себе забавляются, власть прочно находится в наших руках. Ведь по большому счету у власти всегда находится Мысль, а Мысль здесь не просто наша, она нами надежно контролируется и охраняется. А значит, можно при желании пойти на любые попустительства, ничто нам не угрожает, мы еще долго рассчитываем жить и процветать. И вот появляетесь вы, Анатолий Сергеевич, – бомбочка, которой здесь еще не бывало. Вы представляете собой другую Мысль, которую вполне можно нашей противопоставить и даже – не исключено, – нашу Мысль ею сокрушить. Что же нам делать, подумайте? Нам нужно вашу Мысль обуздать, приспособить, сделать из нее хороший кнут. Какой еще может быть выход? Ну а дальше – и того проще: кто не с нами, тот против нас, враг Нового человека и Нового общества должен быть либо обращен, либо уничтожен. И бесполезно пытаться от нас где-нибудь укрыться, возможности наши безграничны.

Кстати, того человека, фотографию которого вам показывали, давно уже нет в живых. Иначе бы я им не занимался. Как я вам уже говорил, моя область — исключительно стирание памяти о человеке, но ни в коем случае не преследование или уничтожение его. Это обстоятельство делает еще более бессмысленным ваше запирательство.

— Это был не он, я точно знаю.

— Жаль, очень жаль. — Дюгонин замолчал, потом продолжил задумчиво: — Напомню еще раз — если это ошибка, то вся огромнейшая машина набросится на ее проверку и исправление. Но если вы осознанно вводите нас в заблуждение, вся эта машина навалится потом на вас. Я не угрожаю вам, Анатолий Сергеевич, но вы должны четко отдавать себе отчет в том, на что вы идете. Точнее, на что себя обрекаете.

– Эх, Саша, так я тебе завидую, что ты к страстишке этой глупой – "пить табак", как в старину говаривали, не приохотился, хотя, помню, баловался! А у меня от того славного времени "великих свершений" две привычки неистребимые – "плебейские", по выражению твоей тещи бывшей, остались: курю только папиросы – хотя разве найдешь сейчас "Казбек" хороший! – да вот футбол еще. Ну, футбол-то, Бог с ним – все давно привыкли, а вот зелье это Колумбово – сколько ни бросал, ничего не получается. Ну да что я тебе рассказываю, на твоих глазах все происходило, а в моем возрасте люди уж не меняются.

Лев Аркадьевич выглядел на сей раз непривычно взвинченным, нервничающим. Крупейников сразу понял, что разговор предстоит весьма серьезный, но не стал юлить, выманивать тестя из норы, наоборот, пошел даже Усольцеву навстречу.

– И еще эта курилка наша, – поддакнул он, усмехнувшись, – где почему-то женщинам положено курить вместе с мужчинами как раз перед дверью мужского туалета.

Тесть благодарно улыбнулся за эту протянутую ему руку помощи:

– Да, тоже фактор... Но главное, понимаешь – никак не могу себя пересилить: как какой-нибудь разговор важный или место трудное в тексте, рука сама собой к пачке тянется.

– Так что, ругать будете? – отбросил в сторону усмешку Александр Дмитриевич.

Ну а чего он ожидал, собственно? Не восторгов же телячьих! Сам и напросился. Но он ни о чем не жалел. Тесть был и остался объективным человеком. А сейчас как нельзя кстати было взглянуть на себя со стороны.

– Я ведь тебе ничего нового не скажу, Саша, – тихо проговорил Усольцев, – да и здесь, в нашей незабвенной "Историчке", по-настоящему и негде на подобные темы поговорить. У всех не уши, а просто локаторы. Ладно, ты не пойми, что я за себя боюсь – ведь для многих ты до сих пор еще лишь бывший зять Усольцева. Ты сам по себе, сейчас гласность, открещиваться от тебя, а уж тем более – громить, осуждать, с моей стороны было бы дико, но и поперек себя пойти я тоже не могу… А ты подумал о своей докторской? Ну если тебе так приспичило запечатлеть свои гипотезы, так хотя бы до защиты с ними повремени. Ты еще молод, год-два – не срок для тебя. Я же тебя постоянно курирую, знаю все твои работы, нигде нет даже малейших признаков безрассудства, все достаточно – именно достаточно — смело и в то же время ничего, что называется, поперек такта. Ну разве что те твои статьи о психушках, но там не история, там политика, политикам и судить. А здесь ты коснулся слишком больных тем. Да, многие того же мнения, что большей частью история средневековья нашего, да и потом надолго, чуть ли не до Петра, со свидетельств иностранцев списана, в то время как есть другие источники, непосредственно русские: посольские грамоты и прочая и прочая. Даже того, что в архивах имеется, но до сих пор не обработано, достаточно, чтобы многое в наших представлениях о себе изменить. Но кому это нужно — такие перемены? И зачем столь широко возвещать о них? Не лучше ли в том же направлении, но без победных фанфар, тихой сапой продвигаться? Глядишь, постепенно привычное и изменится. Ты помнишь, как Корин поступил? Он всю жизнь писал одну только картину – "Русь уходящая", но понимал, что вещь такую сразу воплотить ему никто не даст, вот и создавал ее по частям, чтобы потом неожиданно явить одно целое. Тактика оправдала себя, почему бы и тебе подобным путем не последовать?

– Ну тогда было время другое, – поморщился Крупейников. – Сейчас-то зачем такая партизанщина, чего, кого бояться?

– А вот сейчас-то и надо бояться! – в горячности замахал руками Усольцев. – Ты, Саша, видимостью не прельщайся – это зряшное занятие. Сейчас история никому не нужна, сейчас главенствует во всем политика! А если история ли, экономика ли, нравственность – да что угодно! не сдаются перед политикой этой самой... их попросту уничтожают! Да-да, не смотри на меня так скептически, тебе ли не знать: прошлое столь же ранимо, как будущее или настоящее. И уж отнюдь не бессмертно. Ничего нельзя изменить в настоящем, не изменив сначала представлений о прошлом, поверь на слово! Вот начали мы себя в грудь бить, каяться, охаивать, с грязью смешивать то, что поколениями до нас сделано, и что же? Скоро, в самом ближайшем времени, жди результат. Сейчас все к покаянию призывают, а забыли, что покаяние-то – оно ведь не унижение, а очищение. Да, собственно, в чем я тебя убеждаю? В том, что тебе и самому прекрасно известно!

Крупейников вспыхнул.

– Так! И что ж мы, уже между собой стали юлить, ходить вокруг да около? Для чего подобное нужно? Вы ведь, Лев Аркадьевич, прекрасно знаете, для чего!

Если не вызвать интерес, внимание к сей проблеме, то все эти запечатанные кубышки с необработанными и недоступными даже для нас с вами первоисточниками еще на несколько лет так и останутся в неизвестности. А они именно сейчас нужны, чтобы зрячими, а не на ощупь пробираться нам в то непонятное, что мы сейчас выбрали. Это же песня наскучившая, будто ничего светлого у нас нет за душой, и заграница — единственное, что может нас спасти. Тыкать нас носом в Древний Рим с его заезженным vox populi, как будто ни Византии, ни Русской правды, ни даже Московии вообще не было.

Усольцев вздохнул и поцокал языком скептически:

— Эх, Саша, Саша, да неужели ты веришь, что доступ к этим источникам когда-нибудь откроется?

Крупейников пренебрежительно фыркнул.

— А какие же тут трудности? Это ведь не где-нибудь на дне морском, один росчерк пера – и беги, занимай очередь.

Усольцев наморщил лоб, почесал затылок:

— Давно я тебя знаю, Саша, а наивный ты человек! Только помяни мое слово: когда те кубышки откроются, выявится, что там пусто – пыль одна, пшик, и когда опустело, никакой Шерлок Холмс не разведает! Было да быльем поросло, да и было ли? Просто обычные слухи, мол, надо чем-то зад голый прикрыть, вот видимость тайны и создавалась. – Он помолчал, затем тронул руку насупившегося бывшего зятя. – Что, я не прав? Обиделся?

— Да чего обижаться, – пожал плечами Крупейников, – тема известная. И больная, конечно. Но ведь и я... прав. Не обижаетесь на меня, надеюсь?

Усольцев крякнул с досады, снова замолчал, надеясь, что Крупейников опять, как в прошлый раз, придет ему на помощь и сам возобновит разговор. Но Александр Дмитриевич на сей раз замкнулся, потеряв последние остатки интереса к беседе.

– Ладно, давай уж до конца, – как в омут с головой бросился Лев Аркадьевич. – По всем законам одной спорной мысли более чем достаточно для одного произведения, но ты пересаливаешь, Саша, определенно пересаливаешь. Ты ведь не журналист-авантюрист, ты ученый. Не буду брать Башкина, тут до тебя Голубинский, Костомаров, Зимин, Калибанов тот же, высказывались о нем достаточно объективно, уже без очернительства, и ты просто выбираешь достаточно широко известную точку зрения. Но вот с Артемием как? Одно, если бы ты только личности этого человека коснулся, и здесь нет никакой революции, хотя официальное-то мнение о нем тоже хорошо известно. Вот тут я тебе между страниц выписку положил, ты об нее сто раз уже, наверное, спотыкался, из преосвященного Макария, шестого тома его "Истории русской церкви": "Рассматривая внимательно одно то, в чем сознался Артемий, мы должны сказать, что он хотя веровал в Пресвятую Троицу и не был еретиком, исповедовавшим какое-либо определенное еретическое учение, но он любил вообще повольнодумничать о священных предметах веры и хотел казаться, как ныне выражаются, либералом и на словах и в некоторых действиях: что этим своим вольничанием, если бы оно ограничивалось даже тем немногим, в чем он сознался, он не мог не оказывать вредного влияния на православных, особенно людей простых и что Артемий осужден поэтому не неповинно, а ссылка его в Соловецкий монастырь была мерою благоразумною, если не необходимою". Ну, как тебе такой перл?

Крупейников уже не мог сдерживаться, он не на шутку разозлился. Хотя старался не повышать тона. Но со стороны они уже все более похожи становились не на двух беседующих коллег, а на каких-то махровых заговорщиков.

– Я допускаю – можно лишить священника духовного сана за то, что он в Великий пост ел рыбу во время царского застолья, но из философов-то разжаловать никому не дано человека!

– Так, так, – закивал радостно Усольцев. – Вот и я о том же. Опять ты – террорист-одиночка. Не понимаешь, что все общество давно уже гуртом из одной крайности в другую кинулось: раньше атеизм был, теперь поповщина. Что ты хочешь, чего добиваешься? Тебе и теза указана, и антитеза открыта наконец: Соловьев, Флоренский, Хомяков — хоть объешься. А ты что? Ты опять невпопад! Говорят тебе: не было в средние века на Руси философов, кроме сугубо церковных, естественно. А ты за свое: Нил Сорский, Артемий Троицкий и иже с ними, так и сыплешь. Ну именами бы и ограничился, опять повторю, зачем в дебри-то забираться? Тем более, что самое слабое место твое — издание-то популярное и ты свою трактовку обстоятельным разбором не имеешь возможности подкрепить, вот и болтаются Бог знает где твои рассуждения. Ладно, один только пример приведу, дальше сам как знаешь: вот ты вытаскиваешь из запасников на свет божий учение Артемьево "о деянии креста, покаянии, смирении, безмолвии, страдании и молитве", ну и для чего, для кого, скажи? Церкви оно уже четыреста с лишним лет как бревно в глазу, а если просто людям, то к чему ты их подвигнуть хочешь: к ереси, к расколу какому-нибудь очередному новому? Эх, Сашка, учу я тебя учу, а не в коня корм: того ты не поймешь, что у всех стран история как история – все там у них исхожено, обихожено, к каждому кусту бирочка прикреплена, по всем вопросам мнения давно определены, по каждой версии десятки томов исписаны, а у нас история, как змея гремучая: за какую ниточку ни потяни, все оказывается, на поверку, бикфордовым шнуром к какой-нибудь мине здесь, в современности. – Он вдруг расхохотался. – Ладно, Сашок, давай мириться.

Крупейников еще с минуту стоял с

нахмуренным лицом, затем осознал наконец всю нелепость своего поведения и улыбнулся.

– Да, увлеклись мы, пожалуй.

– Ты пойми – так сказать, резюме нашего спора, – решил все-таки до конца прояснить положение Лев Аркадьевич, – что я по многим вопросам с тобой солидарен, да и вообще сгустил краски. Там у тебя лишь в общих чертах упомянуто, намеки, не больше. Как говорится, умный не поймет, дурак не догадается. Но все хорошо, если ты этим ограничишься, на этом остановишься. А если останавливаться, то опять же зачем намекать? Непонятно. Совсем непонятно. Как дочка, кстати?

Крупейников с удивлением посмотрел на тестя. Первый раз и с чего бы вдруг он коснулся этого вопроса?

– Все нормально, набирается сил

потихоньку.

– Что ж, я рад. Действительно рад. Мы как-то о таких вещах не говорили, но я не хочу, чтобы у тебя создалось впечатление, будто я на тебя обижен за что-то. А то ты совсем перестал появляться у нас, даже о таких серьезных и интересных вещах вот где разговаривать приходится. – Он придвинулся поближе к Крупейникову и лукаво прошептал ему: – Не верю я в эту гласность, ни на грош не верю! Поганым, нечистым духом от всего, что с ней связано, так и несет. Излюбленная тактика: цвет нации в полный рост поднять, да в очередной раз под корень выкосить. – Он помолчал, затем вновь вздохнул. – Ты знаешь, что самое страшное, Саша? До меня только дошло, что я разговаривал сейчас с тобой как с совершенно незнакомым человеком, какие-то прописные, избитые истины изрекал, забывая, что тебе и так ведома большая часть из того, что я тебе с такой напыщенностью тщился преподнести. Что это, возрастное? Старохренизм, синдром старого хрена, как я это называю? Или я просто отвык от подобного, глубокого общения? Взять хотя бы жениха этого нового Зоиного... Скользкий тип. Совсем не то, что с тобой было. Но такое время, наверное. Даже в семье достает, самых близких людей разъединяет, между ними втискивается.

– Жених? У Зои?

– Да, – кивнул Усольцев и тут же спохватился, не сболтнул ли он чего лишнего. – А ты не знал разве? Я, грешным делом, думал, что ты из-за него и перестал нам звонить.

– Нет, я первый раз эту новость слышу, – развел руками Крупейников, действительно ошарашенный. – Но я рад за нее. Будем надеяться, что и она наконец счастье свое встретила.

— Дай-то Бог, — вздохнул тесть. — Только не очень-то верится.

— Разжился на кухне, — рассмеялся Дюгонин в ответ на недоумевающий взгляд Анатолия по поводу свертка в его руках. — У меня такое предложение: в лес мы не будем забираться, а расположимся где-нибудь на опушке, костерок разведем, да печеной картошечки, а? Это вам не завтрак, обед и ужин, Анатолий Сергеевич! Тем паче, что я тут и огурчиков, и помидорчиков, и даже кое-что еще прихватил.

Анохин молча пожал плечами, он смотрел на Дюгонина с тревогой. Так же молча, угрюмо наблюдал он за тем, как мастерски укладывал Дюгонин сучья, ветки.

— Странный вы человек, Анатолий

Сергеевич, – усмехнулся в конце концов тот. – Не умеете ценить мгновения жизни, все борьба, борьба... А жить-то когда? Однако не буду дольше испытывать вашего терпения, вижу, что вам не до картошечки, не до неба ясного – ни до чего. Хотя, право, что вы ждете от меня, какого ответа? Я вообще в так называемую судьбу не верю, судьба человека, по моему мнению, с математической точностью вытекает из его характера. Ну, конечно, бывают всякие стихийные бедствия, катаклизмы, но в основном-то наша жизнь так буднична, редко что может столь уж сильно естественное ее течение отклонить. Вы вправе обижаться на меня, презирать, ненавидеть, но все, что я мог для вас сделать, я уже предложил. Вот этот костерок, эту опушку – одним словом, жизнь, а альтернативу вы уж сами себе выбрали.

Поверьте, мне даже жаль расставаться с вами, наше знакомство столь нелепо обрывается, а можно и нужно было бы о многом поговорить. Ну да ладно, вы уж извините меня за говорливость, пора, пора к делу переходить. Так вот, друг мой Анатолий Сергеевич, вы пытались обмануть нас. Да-да, я понимаю, тут не обман, скорее – отказ. Назвать того человека. Но я навел уже справки, нашлись очевидцы, которые были свидетелями ваших сокровенных бесед. Так что факт можно считать бесспорным, и никаких фотографий вам предъявлять не придется. У вас, конечно, есть еще возможность спасти себя, но со мной вы уже не увидитесь, дальше вами кто-нибудь другой будет заниматься. Не скрою, моя работа с вами далеко не закончена. По сути дела, она только начинается. Теперь, когда я с вами вот так, воочию, познакомился, мне будет гораздо проще провести ее. Мне ведь предстоит выполнить очень сложную задачу, Анатолий Сергеевич: оставить вас в жизни, в памяти людей совершенно нормальным человеком, удалив все признаки и следы вашего сумасшествия. – Он усмехнулся. – Да-да, глубоко ошибается тот, кто считает нас дуболомами, ретроградами, мы тоже, так сказать, на гребне науки, в ногу со временем. Почему-то все усилия обычно сосредоточиваются на том, чтобы вылечить каждого отдельного человека от сумасшествия. А ведь куда важнее вылечить общество от тех последствий, к которым приводят семена, посеянные такими ненормальными. Вы даже представить себе не можете, сколько бед в истории может наделать одна подобная идея. Вот, скажем, стать властелином мира – чем не бредовейшая одержимость, а ведь сколько миллионов душ сгорело в ее пламени! Казалось бы, чушь собачья — мировая революция, а ведь до сих пор в угоду ей взрываются бомбы, гибнут люди, летят под откос поезда. Ну да ладно, я опять за свое, не обижайтесь — тут, наверное, природа на меня действует. Но я больше вас не задерживаю, — Дюгонин вытащил из кармана плоскую фляжку и сделал оттуда небольшой глоток. — Вы свободны, Анатолий Сергеевич, еще раз спасибо вам за радость общения. Ну а я тут еще часок-другой посижу.

Анохин поколебался несколько мгновений, затем тоже присел на корточки возле костра:

— Я очень прошу извинить меня... Наверное, это не положено, но меня гложет любопытство — есть некоторые вещи здесь, которые я сам не в состоянии понять.

— Ах, Господи, конечно же! У вас есть

вопросы? Задавайте, я вполне готов ваше любопытство удовлетворить.

Анохин кивнул.

– Первый вопрос: кто вы?

– Кто мы? – Дюгонин рассмеялся. – Что ж, это очень непростой вопрос. Но я могу вам на него ответить. В конце концов, если я действительно желаю вас перевербовать, то я должен объяснить вам наши цели и предназначение. Начну с того, что я не знаю, кто мы. – Игорь Валентинович развел руками как бы в полной растерянности и заморгал глазками. – Я не могу вам сказать с уверенностью, есть ли у нас какая-то организация. Я не хочу знать об этом, точнее даже – предпочитаю об этом не знать. Как это ни покажется вам странным, но такой вариант устраивает как меня самого, так и тех людей, которым я подчиняюсь. Я служу не им, я служу идее, Мысли, и всегда все свои поступки и побуждения сверяю только с этой идеей. Так что можно сказать, что я служу самому себе. Между нами даже есть здесь какое-то сходство, однако есть и отличие – в том хотя бы, что я далеко не сразу стал майором. Какая же главная Мысль лежит в основе моих убеждений? Справедливость. А от нее уже все остальное. Самое страшное зло я вижу в эксплуатации. Эксплуатации одного человека другим. Все люди должны обладать равными правами, равными возможностями. И за это я готов бороться до конца.

– Вы хотите сделать людей послушными винтиками огромной машины?

– Нет, я хочу, чтобы каждый человек мог найти для себя применение в этой машине. А подобного можно добиться, как я вам уже говорил, только силой, Анатолий Сергеевич. Свобода – это прежде всего порядок. Если нет порядка, значит, ни о какой свободе не может быть и речи. В человеке слишком много недостатков, чтобы он мог стихийно придти к цивилизованному, высокоорганизованному обществу, нужно сделать этот процесс управляемым. Иначе человечество может захлебнуться в своем же собственном дерьме. Вы посмотрите только, что сейчас вокруг происходит: разврат, воровство, коррупция, невежество, пьянство, разрушается то, что с таким трудом, такими жертвами создавалось. Вам это нравится?

— Ну а вам хотелось бы вернуться в то, что было тридцать лет назад?

— Нет, Анатолий Сергеевич. Нельзя войти в одну и ту же реку дважды... Как видите, философию я изучал. Да и зачем возвращаться? У того времени была своя великая миссия: построить фундамент. К сожалению, людей, которые могли бы продолжить дело и возвести надежное здание вместо той хибары, которая сейчас на ветру качается, не нашлось. Но они неизбежно появятся, уверяю вас. Расплата будет страшной тогда, но справедливой. И чем дольше этот процесс оттянется, тем страшнее будет возмездие. Ведь снова понадобятся жертвы, и наряду с преступниками пострадает много невинных людей.

– И вас это не остановит?

– Нет. Потому что пострадают тысячи, а счастье обретут миллионы. Да, понадобится террор, чтобы возвратить людям веру в справедливость. Возмездие, чтобы, кого через страх, кого через убежденность, но к чистоте, честности людей привести. Однако террор со стороны общества – это уже не беззаконие. Вам не нравится то, с какими жертвами шло наше становление? Но посмотрите, сравните, что сейчас делается вокруг. Много ли времени прошло, а уж сосут ведрами кровь из народа разжиревшие чинуши всех мастей и не боятся, что может быть как прежде: зажрался – к стенке, кто бы ты ни был, какой бы пост ни занимал. Вы хотите, чтобы я у этих людей был в услужении, лакомые кусочки им как верный пес подносил? Или, может, вам нравится, что в любой момент вас могут убить, ограбить, поглумиться над вами расплодившиеся как вши уголовники? Или вам рассказать о том, о чем вы понятия не имеете: о том, как молодежь растлевается, о наркомании, проституции? О том, как люди от вашей "свободы" бездушными скотами становятся? На мой взгляд, Анатолий Сергеевич, диктатура предпочтительнее анархии, тем более, что к диктатуре мы уже вряд ли когда вернемся, речь идет о демодиктатуре. Вы говорите о жертвах? Но ведь главное предназначение и общества, и демократии состоит в том, чтобы защитить человека от насилия другого человека. Да, вот какой-то ребенок заплакал, вот кто-то безвинно пострадал. Давайте скорее все как один восстанем, раздуем из этого вселенский пожар. А почему же вы не видите те невидимые миру слезы, которые и детям и взрослым несет ваша так называемая "свобода"? Почему вам воры, убийцы и прочие отбросы общества дороже честных людей? Откуда это вообще в нашем характере, что проститутка для нас милей Богородицы?

– Так вы же сами себе и ответили, Игорь Валентинович, все дело не в свободе, а в отсутствии свободы. О какой свободе и справедливости вы вообще говорите? Если бы они были, мы бы здесь с вами не беседовали. Я был бы дома, по крайней мере.

— Вы хотите сказать, что если дать людям возможность болтать открыто, что-то из того, о чем я говорил, изменится в лучшую сторону?

— Да, несомненно.

— Вот почему вы здесь и пребываете, Анатолий Сергеевич. Тут ваш дом родной. Поскольку вы во всех временах опасны, как опасен любой, оторванный от жизни моралист и идеалист. Дай вам волю, так вы в народе подорвете последнюю веру, а тогда кровь и дерьмо всю страну зальют.

— Основа всякой веры — Бог. Не противоречите ли вы себе, Игорь Валентинович?

— Нисколько. Только я верю не в Бога, а в человека. Что до религии, то всякая вера, насколько мне помнится, складывается из двух начал: любви и страха. Вы, как я понимаю, признаете только любовь?

– Отчего же? Я страх признаю. Но только тот страх, что от любви происходит, не оттого верую, что боюсь, а боюсь хоть чем-то в вере своей поступиться. Вероотступничество – вот самый страшный и самый распространенный грех.

– Ерунда. Главное, что из постулата этого можно извлечь: страх перед Богом очень просто можно превратить в страх перед людьми. Я уничтожу и здесь ваш след, а мысль вашу мы возьмем на вооружение. У вас больше нет ко мне вопросов?

– Есть. Есть еще один вопрос: почему вы со мной столь откровенны – вы уже объяснили, однако не боитесь ли вы, что вы слишком откровенны со мной?

Дюгонин расхохотался:

– Так, так! Что же вы остановились, Анатолий Сергеевич, продолжайте! Не боюсь ли я того, что вы откроете глаза на меня моему начальству? Нет, не боюсь. Во-первых, вы не доносчик и никогда им не станете. Если я и вменил вам в вину то, что вы не опознали того человека, то ведь это не грозило ему физической расправой, потому что он уже мертв. Во-вторых, было бы наивным с моей стороны потчевать вас какими-то сказочками, не того ума вы человек, чтобы я мог позволить себе так с вами обращаться. Не зря же вам предлагают у нас звание полковника, думаете, мы направо-налево такими званиями разбрасываемся? Значит, действительно вы в чем-то могли бы меня превзойти. В-третьих, я просто высказываю вам свои личные взгляды. Ну и наконец главное – у вас никогда не будет возможности рассказать кому-нибудь о нашем разговоре. Да, я действительно, как могу, борюсь против несправедливости, которую вижу вокруг, но я далеко не одинок, нас много, мы повсюду, и как только вы станете для нас опасны, мы вас тут же уничтожим. Мы ведь давно уже следим за каждым вашим шагом, только вы не подозревали об этом. Но даже... даже если бы вам представилась такая возможность – о нас рассказать, можете ли вы надеяться, что найдется хоть один человек, который не сочтет ваши слова бредом? А если вдруг найдется, сколько, как вы думаете, он после этого на свете проживет? Хотя, если желаете знать мое, сугубо личное, мнение, некоторая реклама нам не помешала бы, слишком уж много людей судят о нас по тому, что есть на поверхности, а оттого и видят в нас только инквизиторов и палачей. А мы – разные, понимаете, разные! Но здесь, наверное, говорит во мне гордыня – каждому человеку хочется, чтобы оценили по достоинству его филигранный, самоотверженный труд. – Он помолчал немного, затем вздохнул. – Прощайте, Анатолий Сергеевич, прощайте. И не поминайте меня лихом. Видит Бог, я все, что мог, сделал для вас.

ГЛАВА ШЕСТАЯ

Крупейников отдернул руки от папок, словно бы увидел перед собой змею. Что произошло? Перед ним вновь рукопись того графомана, а его собственная исчезла. И как все тщательно проделано, даже папочки одинаковые подобраны. Немудрено, что он так и унес их домой из библиотеки, не заметив подмены.

"Спокойнее, спокойнее, – уговаривал он себя, – нужно напрячь ум, сосредоточиться". Однако сосредоточиться не удавалось, мысли каждый раз спотыкались о совершенную нелепость происходящего и в растерянности отступали.

"Господи, да кому мог понадобиться мой "манускрипт"?"

Он походил по кухне, стараясь не шуметь, – все давно уже спали, – потом открыл другую папку и сразу же наткнулся в ней на записку:

"Это я украл Вашу рукопись. Можете как угодно осуждать меня, даже заявить в милицию, но тогда смиритесь с мыслью, что я ваш "опус" уничтожу. Хотя в принципе-то у меня нет намерения так поступить. Мне просто нужно было каким-то образом еще раз привлечь Ваше внимание к моему роману, "справочку" к которому Вы столь лихо настрочили, лишив меня тем последних надежд на его публикацию. Что касается Вашей рукописи, то, если Вы не будете и дальше злить меня, через пару дней я Вам обязательно ее верну".

А если не вернет? Господи, сколько раз Крупейников корил себя за легкомыслие! Разве можно иметь такие вещи в одном только экземпляре? Ну да, ведь он хотел еще немного над текстом поработать. Вот и поработал!

Что же теперь? Если придется, сколько реально времени понадобится – два, три месяца, чтобы все восстановить по черновикам? Сколько времени будет потрачено зря, не говоря уже о новых объяснениях с редактором, о том, что будут поломаны все ближайшие планы!

Нет-нет, победить тут может только тот, у кого окажутся крепче нервы. Впрочем... а если твой противник сумасшедший? Такое вовсе не исключено, потому что ни одному здравомыслящему человеку решиться на подобный поступок просто в голову бы не пришло. Во всех случаях нужно вести себя с этим параноиком предельно осторожно. И конечно, не стоит пока заявлять о пропаже в милицию. Вора-то они найдут, а как будет с книгой? Собственно, никакой загадки тут нет. Обыкновенный шантаж. Но целесообразнее всего будет шантажу этому подчиниться. Тем более, что условия вроде бы вполне приемлемые. Пока. Впрочем, какие условия? Что он конкретно должен сделать? Ладно, главное – вызволить рукопись, а там будет видно. Здесь, конечно, ничего уже не прояснится, надежда – исключительно на библиотеку. А значит, самое трудное сейчас – дождаться завтрашнего утра.

Что он ощущал больше всего? Пожалуй, растерянность. Ни за что ни про что очутиться вдруг во власти другого человека, который, к тому же, исхитрился взять тебя за горло. Жаль, что Шитов в отпуске, можно было бы позвонить и узнать у него поподробнее, что из себя этот человек представляет.

Что вообще о нем известно? Ну, графоман. Хотя, по рукописи, пожалуй, такого не скажешь. Ясно, что в литературе этот человек не новичок. Крупейников даже ощутил некоторую зависть: что-то сдерживало его самого обычно, мешало, а так хотелось иной раз пофантазировать, попробовать за героя поразмышлять, но тут же следовала оглядка, а вот что такой-то на подобного рода выкрутасы его скажет, а что другой: "Увлеклись! Увлеклись, батенька! Это уже беллетристика!".

Что еще? Крупейников не мог избавиться от ощущения, что за ним наблюдают. И еще острее ощущал свою беспомощность. Как будто его со злой усмешечкой рассматривали сейчас, словно рыбину, поддетую на крючок. Эх, в самом деле, знать бы хоть какие-то приметы, можно было бы этого человека вычислить, отозвать в сторону, поговорить. А что, если Пальчикова расспросить, может он что-нибудь знает?

Нет, пожалуй, лучше не делать ни единого шага, терпеливо ждать. Как он написал – "не злить"? Хотя, конечно, нет никаких гарантий, что этот ненормальный не переменит своего решения.

Собственно, ну отказался бы он, не написал ту свою "справку" – и дальше? Что подобные рецензии могут изменить, если решение всегда принято заранее и вопрос лишь в отписке? На что они вообще надеются, эти великовозрастные мальчики с папками под мышкой? Он хоть, по крайней мере, добросовестно их опусы читал, а у многих других уже отработанная методика: несколько заготовленных трафаретов, достаточно только заглянуть пару раз в текст, надергать словечек шероховатых и не слишком переврать имена. Ну а при желании можно обойтись и вообще без рецензии, отписав что-нибудь универсальное, что хоть к Сидорову, хоть к Достоевскому с равным успехом можно отнести. "Что ему вообще нужно, этому графоманишке? Может, дальше он начнет требовать, чтобы в обмен на рукопись я помог ему напечататься? Неужели он настолько глуп, чтобы не понять: помочь я ему ничем не могу! Если бы этот человек хоть какое-то представление имел об издательской специфике, он бы знал: мои возможности на сей счет ничтожны даже внутри исторической редакции, а уж о художественной прозе и говорить не приходится. Господи, что же делать? Нет, все-таки без Шитова с Пальчиковым здесь никак не обойтись. Пусть подыграют как-нибудь, чтобы вызволить рукопись. В конце концов, сами они меня в эту историю втянули, пусть теперь и вызволяют".

Крупейников вздохнул и написал на

листе бумаги размашисто: *"Я согласен на любые Ваши условия. Но, Бога ради, верните поскорее рукопись. Как человек творческий, Вы должны меня понять".*

Вот и все, дальше продолжать не будем, любое лишнее, неосторожное слово может все испортить. И Крупейников отправился в буфет. Ему вспомнилось то время, когда он только начинал работать в "Историчке". Сидеть в читальном зале для него было невыносимой мукой, он использовал любой предлог для того, чтобы ускользнуть из этого публичного скопища. И любимыми прибежищами для него в то время были буфет, да еще курительная комната с мило щебечущими холеными женскими созданиями, которыми он, разинув рот, любовался. И тогда еще он дал себе зарок, что когда надумает жениться, то только здесь, среди этих созданий будет искать себе жену. И еще сразу вспоминался ему приторный вкус ячменной бурды, гордо именовавшейся в меню кофейным напитком.

– Хороши девахи! – загоготал Шпынков, морщась после укола и натягивая штаны. – Ширяют классно! Заметили, наверное, сволочи, что мы таблетки их в сортир выбрасываем. А что, Анохин, может, и мы им ширнем? Как ты на это? Думаешь, не живые они – на задницы-то голые целыми днями смотреть? Ну как? Я ведь уже договорился – ночью, во время дежурства их. Спирт дармовой...

– Нет, что-то не хочется, – сухо ответил Анатолий.

– Зря, зря, – разочарованно покачал головой Шпынков. – Жить везде надо, жить везде можно. Последнее дело – нюни распускать...

– Меня опять к вам?..

– Да, угадал. Гнусная работенка. Думаешь, я садист? Но что делать, передали мне тебя по кругу. Попугали, по душам пытались поговорить, теперь конкретно... Ну, совсем инвалида из тебя делать я пока не собираюсь, но что-то из внутренностей придется отбить. Думаю, почки для начала... Вот после этой сестры задастой как раз к тебе и приду. Но для формальности я должен тебя допросить. Так, пара вопросов...

– Что ж, я слушаю.

– Ну, не хочешь ли ты добавить что-то к своим показаниям? Не вспомнил ли того человека, не встречал ли других людей, которые заговаривали с тобой о задании, которое ты выполняешь? Не хочешь ли выдать наконец, кто твой резидент?

– Нет. Но у меня есть просьба. Я хотел бы избавиться от этого наваждения. Я не хочу быть больше полковником. Понимаете? Вы ведь считаете, что я запираюсь, упорствую в своем заблуждении? Нет этого. Я просто жертва, жертва каких-то людей, которые контролируют мое сознание. Мне не в чем признаваться, я действительно ни в чем не виноват. Но мне нужно помочь.

Шпынков ухмыльнулся.

– Ты хорошо подумал?

– Да.

– Испугался пыток?

– Нет.

– Боюсь, что это тебе обойдется гораздо дороже. Ты совершаешь еще одну очередную глупость.

– Приятно, что вы так обо мне заботитесь. Но я решил.

Шпынков вздохнул.

– Что ж, выходит, мы с тобой опять расстаемся? Но, думаю, не надолго?

– Лучше бы навсегда.

– Итак, вы хотели бы вылечиться? – Главврач вперил в Анохина удивленно-иронический взгляд. – Но позвольте, Анатолий Сергеевич, мы ведь только тем с вами и занимаемся. Таблетки, уколы, процедуры – неужели вам этого мало? Что же вы еще желаете?

– Я хотел бы облегчить душу, я ведь душевнобольной.

– Ну, милый, разве это по моей части? Я атеист, материалист. Боюсь, что духовника из меня не получится.

– Я согласен на атеиста и материалиста.

Горохов перестал улыбаться и взглянул на Анохина озадаченно:

– Вы что же, такое задание "оттуда" получили?

– Нет. Все как раз наоборот. Я не хочу

больше выполнять ничьи задания, я не хочу быть больше полковником.

Главврач облегченно вздохнул и расхохотался.

— Ах, плутишка! — погрозил он Анохину пальчиком. — Плутишка Анатолий Сергеевич! А ведь я вас разгадал! Вы хотите сменить легенду, прошлая оказалась неудачной. Так не бывает! Навязчивые состояния у больных людей не меняются так резко, они лишь развиваются, значит, вы — нормальный человек. Вот вам пример: как вы знаете, у нас тут среди прочих содержится Генералиссимус. Ну помните, помните, надоедливый такой старикашка, он еще каждый раз заставляет вас отдавать ему честь, периодически вызывает вас на совещания. Так вот, до вашего появления здесь он был всего лишь дважды Героем Советского Союза, правда, несколько раз пытался осуществить военный переворот, однако в конце концов успокоился, когда его назначили министром – министром Всех Вооруженных Сил. Так вот, ваше появление резко обострило ход его болезни, теперь он уже четырежды Герой Мира, причем последнюю Звезду получил якобы за космическое сражение при Фобосе, изгоняя с Марса каких-то там инопланетян. Я не знаю, как дальше у него все будет протекать, он ведь ухитряется все свои решения протаскивать через парламент, и даже царя-батюшку нашего соблазнил идеей космической революции. Быть может, в скором времени у нас появится Генералиссимус Вселенной. Почему я это вам рассказываю? Потому что подобное для нашего санатория совершенно нормально. Вы же пытаетесь нарушить правила игры. Зачем вам это? Дайте лучше простор своему воображению. Не всю же жизнь вам ходить в полковниках? Перевербуйтесь либо объявите Генералиссимусу войну. Поверьте, жить сразу станет интереснее. Я первый вас поддержу.

– Вы не совсем поняли меня. Я хочу стать нормальным, хочу вернуться к здоровой жизни.

– О, это сложный процесс. Но случай интересный. Пожалуй, лучше мне не самому им заниматься, а пригласить специалиста. Подождите недельку, я постараюсь что-нибудь сделать для вас.

Когда Крупейников вернулся, записка его лежала на том же месте, и уверенности в том, что она прочитана, у него не было. Зато, впрочем, он мог сказать себе с облегчением, что на сегодня его бдение в читальном зале окончено, и осталось ему выдержать, пребывая в неизвестности, еще один только день.

ГЛАВА СЕДЬМАЯ

Жена приятно удивилась, увидев, что Крупейников столь рано вернулся домой.

– У тебя что-нибудь не так? – тут же, впрочем, забеспокоилась она.

– Нет, все в порядке. Может, ты поспишь пару часиков, а я с Сашенькой спущусь погуляю?

– Да? – Марина замялась в нерешительности, затем блаженно улыбнулась возникшему соблазну. – А ничего? Можно? Мне бы совсем чуть-чуть, хотя бы на десять минут.

И, едва прикоснувшись к подушке, она тут же начала погружаться в сон, успев пролепетать только:

– Там тебе какой-то сверток принесли... Я на кухне... на стол... положила.

Крупейников стремглав бросился на

кухню. Дрожащими руками он развернул бумагу, повозился с тесемками, а затем закружился в восторге по коридору с драгоценными папками в обнимку.

В пакете лежало еще письмо, но до него Крупейникову удалось добраться лишь глубоким вечером. Теперь он был настроен куда благожелательнее, все его страхи улеглись, и он взял в руки "послание" даже с некоторой снисходительностью.

"Я прошу у Вас прощения, что так бестактно поступил по отношению к Вам, уважаемый Александр Дмитриевич. Понимаю, что Вам пришлось пережить немало неприятных минут. Поверьте, мне бы и в голову не пришло проделать что-либо подобное, если бы не отчаянное мое положение. И не гневайтесь, что я на какое-то время оставлю у Вас свою рукопись. Впрочем, на время ли? На тот случай, если

со мной вдруг что-то произойдет, я назначаю Вас своим душеприказчиком, обе папки перейдут в Вашу полную собственность и Вы можете распоряжаться ими как угодно. Еще раз простите меня за доставленное Вам беспокойство, и дай Бог Вам счастья!"

"Ну что ж, победа" – Крупейников вздохнул с ликованием. – Не верится даже, но, кажется, пронесло!"

Конечно, еще десять лет назад Крупейников и мечтать не смел о том, что увидит когда-нибудь перед собой корешок собственной книги. Все усилия он сосредоточил тогда на том, чтобы преодолеть унаследованные еще от школы вопиющие пробелы в своем образовании. Учеба в аспирантуре, работа над кандидатской не выходили за пределы той ахинеи, которую вдалбливали в него в институте, и он набросился на открывшиеся для него возможности с ненасытной жадностью, бестолково мечась из Древнего Рима в католическое монашество, из Аристотеля в индийскую философию.

Тесть с улыбкой наблюдал за его перемещениями, знай подбадривал, подбрасывал в топку нужный материал. И действительно, жор со временем приостановился и определились периоды, к которым закрепился устойчивый интерес. Больше всего мучений доставило Крупейникову решение отказаться от мечты объять необъятное – написать цикл очерков по русской истории, хоть в чем-то приблизившись к своему идеалу, незабвенному Николаю Ивановичу Костомарову. Он понял, что для него это невозможно, единственное, что ему остается,

– специализироваться, углубиться в какие-то несколько моментов русской старины.

Но и это оказалось непросто. Чего только не делали с ним, чтобы затолкать именно в советский период! Понадобилось все влияние тестя, чтобы натиску этому противостоять. Выбор здесь, впрочем, тоже был невелик, доступны были лишь тропочки возле широких наезженных магистралей, но даже такие маленькие участочки давали Крупейникову возможность хоть в чем-то, хоть как-то сохранить себя.

А вот теперь на Александра Дмитриевича смотрели как на величайшего хитреца. Подумайте только – какой спрос сейчас на русскую историю, а он давно уже возле этого местечка руки пригрел. Однако, когда первое замешательство прошло, те же люди, которые в свое время охаивали Бухарина, Троцкого, ринулись в открывшийся шлюз строчить одна за другой очередные скороспелки.

Года три и у Крупейникова дело продвигалось успешно: пошли в ход его рукописи "из стола". А вот теперь первая заминка.

– Здравствуй!

Как всегда мила, подтянута. Ровна характером. А может, просто не открывалась никогда той, другой стороной? Неужто совсем неведомы ей кризисы, сомнения? Ведомы, конечно, ведомы, но просто предпочитает в движении их преодолевать. И мудра, мудра, как редко женщина бывает. По-женски мудра, оттого и расстались, наверное, что не смог за ней угнаться. Нет, скорее дело в другом. Но в чем же? Эх, знать бы!

– Не рад? Боишься, признайся! Вот

придет твоя благоверная, а я тут! Ведь не поймет нас, поймет по-своему.

И все-таки, есть где-то в глубине боль ли, злость. Не такая уж она и мраморная. Наверняка ревнует до сих пор, хотя столько лет прошло! Крупейников вдруг обнаружил, что совершенно Зою не знал. Но как же они прожили так долго вместе? И под глубокой гармонией таилось, оказывается, еще более глубокое непонимание. Да полно, что это с ним? Настроение, что ли, такое? И однако... разлучила их не случайность. Традиция, долг – по этому пути Зоя пошла чисто внешне, а внутри жил своей жизнью рисковый, свободолюбивый человек. Взбунтовавшийся не против него, Крупейникова, а против той судьбы, которую ей еще до рождения предопределили, навязали. Ну и чем же этот бунт закончился, через столько лет? Неужто нашла наконец свое счастье? Кто этот жених ее, интересно? Из тех новых героев нашего времени, циничных и деловитых, хватких и беззастенчивых?

А она, как всегда, быстро переоделась и вот уже раскладывает по местам книги, заваривает чай, протирает пыль.

— Как пишется, Сашенька?

— Да вроде бы ничего.

Потом уселась в кресло, взглянула на него серьезно:

— Не знаю, я могу и ошибаться, но показалось вдруг, что тебе нужна помощь, что ты в каком-то тупике...

Соврать, отшутиться? Только не с нею.

— Это очень сложно, Зоя. Ты угадала, верно, но вряд ли поймешь меня.

Она обиделась, вспыхнула, но тут же постаралась скрыть это, полезла в сумочку за косметичкой, а когда подняла голову, то в глазах уже были обычные приветливость, спокойствие.

– С каких это пор? Я вроде бы всегда понимала тебя. Но ты неверно истолковал мои слова, я вовсе не собираюсь, как ты того боишься, лезть к тебе в душу, а уж тем паче самой в жилетку плакаться, поверь, я не за тем пришла. Но, может, в работе зашился, я имею в виду что-нибудь обычное, рутинное: гранки выверить, библиографию уточнить... Мне не трудно будет, я все равно сейчас целыми днями в "Историчке" пропадаю. Или ты до сих пор на меня в обиде за тот звонок? Но ведь я исправилась, уже столько времени веду себя паинькой... Что, конец нашей дружбе? Я больше совсем не нужна тебе? Так прямо и скажи!

Крупейников смутился.

– Ты прости, я, должно быть, не так выразился. Наша дружба тут совершенно ни при чем. Просто куча досадных мелочей как пчелиный рой привязалась... Мелкие пакости, как я это называю.

Зоя кивнула.

— Понятно. И все-таки, что я могу конкретно для тебя сделать?

Александр Дмитриевич поколебался, затем махнул рукой:

— Ладно! Гранки я сдал вчера, с ними порядок, но, знаешь, есть у меня одна вещица. Так, случайно попала в руки, надо бы ее перепечатать, экземплярах в трех хотя бы. А заодно и узнать о ней твое мнение.

Зоя усмехнулась.

— Ну вот, это другой разговор.

Она ушла, оставив после себя запах духов. Он уже забыл, как они называются, помнил только, что самые ее любимые.

Как же жизнь посерела, братец! Сжигается, как свечечка. В дело идет, конечно, ну и что с того? А где же хоть немножечко для себя? Где же? Одно время думал: ну что тут особенного, неужто нельзя выкроить день, два, неделю, чтобы потом не ныть? Оказалось, не просто. Будто ушел куда-то далеко в сторону. И не во времени дело, а в том, на что его потратить. И день-два тут не спасут. Нет друзей, права Зоя, и в самом деле – практически не осталось их, с кем можно было бы встретиться, поговорить. Кто в беседе уж стал неинтересен, кто сам по горло в делах. Спираль закручивается, становится все уже, вот даже и Зоя перестала его понимать.

"О, Господи, может, я тоже схожу с ума? Что я делаю?"

Он не мог найти ответа. То, что происходило в его личной жизни сейчас, еще можно было как-то объяснить, но с какой стати так захватила его история этого бедного умалишенного? Кому это может быть интересно? Кого этим можно хотя бы удивить? "Что я могу здесь сделать, я ведь не журналист, не писатель, зачем мне это?"

Но мысль по инерции двигалась, раскладывая все по полочкам, снова объединяя, по каким-то немногим оставшимся частицам восстанавливая целое и вновь целым объясняя часть...

— Марина, я хотел бы поговорить с тобой. Понимаешь, я считаю, что мы должны перебраться отсюда на мою квартиру. И как можно скорее. Я много думал, но это единственный выход. Знаешь, мне страшно, мне кажется, что я с каждым днем все больше теряю тебя.

Марина даже привскочила и села на кровати.

— Саша, опомнись! Ты вообще

соображаешь, о чем ты говоришь? Что мы там делать будем, в твоей однокомнатной конуре? Да ты думаешь обо мне хоть немного? Как я там буду одна с ребенком? Тут хоть мать помогает, от тебя-то помощи как от козла молока! То ты в архиве, то в библиотеке, то на ученом совете заседаешь. Я все понимаю, конечно, это в наших общих интересах, но что ты еще от меня хочешь? – Она расплакалась. – Уж и так все условия тебе создали: на квартиру к себе как на работу ходишь, сюда являешься только ночевать... Чего тебе еще от меня хочется?

– Я перестрою свою жизнь, мы все будем делать вместе. Ты пойми, Маша, иначе эти люди все равно разлучат нас с тобой, отнимут тебя у меня.

– Кто? Кто "эти"? Что, по-твоему, я от матери родной должна отказаться? От отца? От брата, сестер?

— Ну зачем так... Ведь многие сейчас живут отдельно, и живут...

— Живут! Каждый живет по-своему! Не хочу больше говорить на эту тему. Дай мне поспать, я и так вся измучилась, не нервируй меня ради Бога!

ГЛАВА ВОСЬМАЯ

Почему он остановил выбор на девушке, которая чуть ли не в дочери ему годилась? Что привлекло его в Марине? Молодость? Нет. На это Александр Дмитриевич мог бы с легким сердцем дать ответ. В период холостой своей жизни он вдруг почувствовал к себе повышенное внимание со стороны женского пола, и здесь возрасты были самые разные. Есть такое выражение – "вся Москва", оно вовсе не обладает всеобъемлющим значением, этих "всех" может быть великое множество. И вот в бесконечности этих множеств был небольшой мирок, в котором все люди и семьи были на виду, где передавалось из уст в уста каждое событие – от рождений до разводов, и где люди чаще всего предпочитали и жениться, и одалживаться, и даже любовниц заводить. И в этом-то круге ставки Крупейникова как жениха были в то время довольно высоки. Почему он взял в жены человека не из этого круга, не из этого мира? Мог ли он рассчитывать в таком случае на какое-то своеобразное со стороны жены подвижничество? В принципе, конечно, он волен был по-своему устраивать свою личную жизнь, но в той песчинке, или точнее даже, соте, как у пчел, его по-прежнему упрямо именовали бывшим зятем Усольцева, в другом качестве он был никому не интересен. Пусть "без пяти минут доктор", но пока еще не доктор. Вот когда станет доктором, тогда о нем уже можно будет о самом поговорить. Быть может, кому-то это покажется наивным и странным – такие тонкости во нравах, такая попытка обособиться, но Крупейников давно уже воспринимал все это как должное, и не подчинялся он иногда этим законам вовсе не из чувства протеста, а оттого... Впрочем, как раз это он и хотел понять сейчас.

Круг родителей и знакомых Машеньки оставался ему глубоко чуждым, эта чужеродность не достигла пока еще стадии конфликта, но было ясно, что ни новый тесть, ни новая теща никогда не смирятся с выбором дочери. И тут дело было не только в возрасте, а скорее в образе жизни Крупейникова, который тот, как и характер свой, ни в малой мере не собирался менять.

Так что же все-таки: ошибка, глупость? Седина в бороду, бес в ребро? Все говорило за то, что выбор его по меньшей мере неосмотрителен, что рано или поздно неизбежен разрыв, а теперь вот они еще и ребенка в это дело впутали. Протест ведь был не только вовне, Крупейников и сам порой осуждал себя. Самое страшное, что

Марина была девушка обыкновенная. И что еще страшнее – не просто обыкновенная, но даже ординарная, такая, как все. Она не была, как Зоя, личностью.

На чем же держалась их любовь? На интимных отношениях? Да, там была необыкновенная гармония, любые проблемы отступали перед тем местом, которое раньше называлось "альков". Однако сколько это может продлиться? И можно ли одним этим прельстить его, вынудить на безрассудства, сбить с толку? Нет, конечно. Но что же еще?

Пожалуй, главное, что привлекало его в Марине – цельность. Ведь двадцать шесть лет – только с его точки зрения безоглядная молодость, а внутри этого возраста очень сложно, видя, что большинство твоих подруг уже замужем, да еще и по двое, а то и по трое детей имеют, не снизить хоть чуточку свои требования к тому недостижимому идеалу, который проник в душу еще со школьной скамьи. А здесь – не было никаких компромиссов, и ему до сих пор даже трудно поверить было в то, что именно такой человек, как он, был ее идеалом. Наверное, и он где-то в глубине души сохранял мечту о такой вот цельности, первозданности. И все у них было вроде бы обыкновенно, но так, как должно было быть, как в тех мечтах представлялось: и первая брачная ночь, и свадебное путешествие, когда все их интересы не простирались дальше комнаты, которую они снимали, да моря. Что там еще можно вспомнить? Как они кидались подушками? Или как, однажды ночью, так и не найдя нож, ложками ели арбуз?

Нет-нет, тут все правильно, вот только нужно за это счастье побороться, счастье это отстоять. Никто кроме него не будет в ответе за то, если Марина вдруг переменится и (что уж совсем страшно) если со временем совсем обыкновенной, серенькой станет Сашенька, его дочь. Человек не должен быть таким, как все. Потому что "все" – это толпа, покорное стадо, а человек должен во всех испытаниях оставаться самим собой. Как там у Ромена Роллана: "Герой – это тот, кто делает то, что может. Другие этого не делают". И стало быть, весь вопрос в том, делаю ли я, что могу?

Нет, нельзя так, нельзя лгать и дальше себе самому. Положение гораздо серьезнее. Не пора ли остановиться? Слишком много он в последнее время совершает поступков, которые сам себе не в состоянии объяснить. Конечно, нужно внимательно прислушиваться и к телу своему и к сердцу – человек ведь жив не только разумом, но... как раз в рассудке-то здесь и было дело – он все больше выходил из повиновения.

И неповиновение это все разрасталось, проникая постепенно во все сферы жизни Крупейникова, и этот незнакомый человек все больше брал в нем, Александре Дмитриевиче, верх. Но что же, что же сейчас с ним происходит? Кто он, этот человек, который стремится им верховодить? Какие цели он преследует, что именно породило его?

Но хватит воспоминаний! Надо работать. Работать!..

Крупейников задумчиво оглядел разложенные на столе страницы. Материалов было не очень много, он как-то быстро бросил в то время этим вопросом заниматься. Почему? Просто отверзлась бездна, и если ее исследовать, то концентрироваться нужно было целиком. С чего он начал тогда свои изыскания? Пробился на прием к одному известному психиатру, чтобы хоть немного сориентироваться в той проблеме, которая его захватила. Здесь только скупые пометки, однако в сознании хорошо отложился тот разговор.

– Ну, батенька, я уловил уже круг ваших интересов. Конечно, я мог бы сразу поставить здесь точку: слишком много людей перед дверью моего кабинета действительно страждущих, чтобы я просто удовлетворял чье-то любопытство. Но я все-таки отвечу на ваши вопросы, до известных пределов конечно. Начну с того, который вы мне пока еще не задали, но зададите обязательно: всех так называемых "сумасшедших" я разделил бы на людей не от мира сего и не от мира всего. Можно быть каким угодно экзотичным, эксцентричным человеком, пользоваться любой логикой – от интуиционистской до парадоксальной – и оставаться при этом совершенно нормальным. До тех пор пока возможно для человека воспринимать окружающий мир одновременно метафизически и диалектически, как частностями, так и в единстве, различая в нем воображаемое и действительное, но не выбирая одно из двух, ну и далее в том же духе – ни о какой патологии не может идти речи. Если что-то здесь нарушается, то человек "уходит" в некий другой мир, мир ирреалии. Мир этот безбрежен, я бы назвал его миром теней. Заинтересовавшись как-то представлениями большинства религий об аде и рае, я заметил, что все они так или иначе замыкаются на сумасшедшем доме. Да, батенька, я достаточно хорошо отдаю себе отчет в том, что говорю. Видите ли, сам я в загробную жизнь не верю, хотя убеждений своих никому не навязываю, однако представления о загробной жизни (тут уж я могу вам ответить со всей определенностью) именно таковы. Вы меня понимаете пока, я не слишком увлекся? Я вроде бы стараюсь излагать суть как можно доступнее, не знаю, насколько мне это удается.

— Да, я прекрасно понимаю. Но продолжайте, очень прошу вас.

Профессор усмехнулся.

— Я вас оттого об этом спрашиваю, что люди больные не любят, когда им говорят так общо: скажем, об отпуске, о свежем воздухе, о физкультуре и тому подобном, им куда больше нравятся непонятные медицинские термины, да чтобы речь уснащалась ими погуще, рецепты на дорогие редкие лекарства, всякие там экстрасенства и прочая чепуха. Но вы, к счастью, не больной, а вполне здоровый пока человек.

— Пока? — Крупейников вздрогнул,

насторожился: – Я не ослышался? У меня что, на лице написано, что я ваш потенциальный пациент?

– Бога ради не обижайтесь! Не подумайте, что я хотел вас оскорбить!

– Ну что вы, я не за тем вас спрашивал. Просто действительно интересно, неужто на лбу моем какая-то особая печать?

– Нет-нет, не надо хитрить со мною, – рассмеялся профессор заливистым смехом, – вы на самом деле обиделись. Это нормальная реакция, плохо было бы, если б было наоборот. Понимаете ли, милый мой Александр Дмитриевич, дело в том, что в принципе-то все мы немного сумасшедшие. Ну найдите мне хотя бы одного человека, которому хоть однажды не доводилось мучиться вопросом: сошел ли я с ума, или свихнулся окружающий меня мир? Знаете ли вы такого человека? Если да, то покажите мне его ради Бога, я буду ходатайствовать о том, чтобы ему назначили пожизненную пенсию или поместили в музей. Ну а у вас на лбу, батенька, прямо так и написано, что вы из тех, кто, как я говорил уже, не от мира всего. Так вот в том-то все и дело, голубчик мой, что между этими двумя мирами одновременно и пропасть, и один только шаг. Человек не хочет жить, как все, человек не может жить, как все, и, что еще хуже – не может и не хочет одновременно. С точки зрения здравого смысла это как раз единственно нормальное устремление. Человек рожден неповторимым, он должен таким же и умереть. Однако с самых первых шагов эту неповторимость свою ему приходится отстаивать. И в подобной борьбе мало кому удается победить: люди сходят с ума, кончают жизнь самоубийством, ломаются, становятся растиражированными, дюжинными или какими-нибудь уж совсем диковинными, отъявленными негодяями, подлецами. Такова, как говорится, жизнь.

– Ну а что бывает с теми, кто пытается утверждать, что окружающее не совсем нормально?

Профессор тут же поскучнел и даже зевнул непритворно.

– Батенька Александр Дмитриевич (надеюсь, я не перевираю ваши имя-отчество?), что мне остается добавить? Вы затронули тему, в которой я не специалист. Я очень сожалею, что вам пришлось так долго слушать меня, ведь как я понял, это был тот единственный вопрос, с которым вы пришли?

– И да, и нет, профессор. Вы ведь как раз на этот вопрос единственный мне и отвечали, только начали издалека, а дойдя до сути, почему-то остановились?

— Существуют так называемые пограничные состояния, любой нормальный человек по нескольку раз в день к ним подходит почти вплотную. Я думаю, что в нашем разговоре сейчас как раз подоспела такая вот грань. Это означает, что мы очень основательно и плодотворно побеседовали, рад был познакомиться с вами, Александр Дмитриевич. И помните о гранях, считайте, что здесь мой вам рецепт.

Нет, нет, вовсе не трус был тот профессор, как поначалу Крупейникову подумалось, вовсе не осторожничал он, а, наоборот, увел сразу его с ложного направления, показав, что не следствие, а причину нужно искать. Да, много было жертв, много было страшного в печально известном столь недавнем прошлом, однако даже в лагере человек здравым умом воспринимал все ужасы, творившиеся с ним, находился среди нормальных людей, которые тоже страдали и, пусть ломаясь и подличая, продолжали различать белое и черное, Божье и дьявольское, не способны были по доброй воле, без принуждения, есть собственное дерьмо. Но навязчивая идея, всеми силами и средствами людям внушавшаяся... можно ли ожидать, что она не будет и дальше продолжать свое действие? Нет, есть только один способ прекратить ее зверства и спасти тем миллионы людей – заключить саму эту идею в сумасшедший дом.

Крупейников разобрал страницы по номерам и отодвинул стопку к краю стола: что толку разбираться в фактографии? Здесь безбрежное море и по каждой судьбе можно было бы написать целый том. Можно наладить массовое уничтожение тел, использовав для этого все средства, от геноцида до какого-нибудь гигантского крематория, можно даже и души научиться поточно-массово растлевать, истреблять, однако работу с духовными изгоями, инако мыслящими, на поток не поставишь, она требует индивидуального исполнения.

ГЛАВА ДЕВЯТАЯ

— У вас такой вид, будто вы разочарованы. Вы ожидали увидеть кого-нибудь другого, не меня?

— Да, я рассчитывал увидеть Игоря Валентиновича.

— Простите, не знаю такого.

— Нет, вы должны его знать.

— Игорь Валентинович? Нет, не припомню. А как его фамилия?

— Дюгонин.

— Нет, с такой фамилией я точно никого не знаю. Но давайте перейдем к делу: я вас чем-нибудь не устраиваю?

— Ну что вы, вполне.

— Тогда давайте по существу.

Человек в белом халате закончил раскладывать свой чемоданчик, сосредоточенно потер одна о другую худые, костистые ладошки и еще раз посмотрел на Анохина оценивающе. Глаза его взирали спокойно, но как-то отчужденно из-под густых нависших бровей и короткой челки над ними.

– Итак, вы хотели бы излечиться?

Анохин кивнул.

– Да, очень. Я уже говорил об этом.

Густобровый расположился в кресле напротив, продолжая внимательно оглядывать Анатолия, тщательно фиксируя каждую деталь.

– Мы будем беседовать? – спросил Анохин в попытке сделать общение непринужденнее.

– Нет, как я уже сказал, мы будем работать, – сухо оборвал его "врач" и резко поднялся со своего места, видимо, придя уже к каким-то выводам. – Это возможно, – пробормотал он, стараясь не выходить из состояния сосредоточенности. – Да, это возможно. Но исключительно при том условии, что вы выложитесь по максимуму, дабы мне помочь. Причем у нас будет только одна попытка. Сколько она продлится – не имеет значения: час, день, неделю, но только одна. Такова моя методика. Понимаете?

– Нет, не понимаю. Но я согласен.

– Дело не в согласии. – Голос как бы отделился от своего обладателя, становился все резче, недовольнее, разящим, как удар бича. – И даже не в повиновении, беспрекословии, вы должны сами страстно желать. Я не кудесник, не всемогущ, в скота я могу вас превратить, но из вашего состояния не могу вывести без вашей же помощи.

– Хорошо, начнем же!

Густобровый деловито кивнул.

– Ладно, приступим. Теперь отвечайте

только на вопросы и строго выполняйте то, о чем я буду говорить.

Он стал кружить вокруг Анохина, все так же внимательно его разглядывая. Вдруг стукнул ребром ладони Анатолию по коленке:

— Расслабьтесь! Да расслабьтесь же! Смотрите, как вы напряжены! — И снова закружился, на сей раз периодически тыкая Анохина в какие-то точки указательным пальцем. Затем огладил его по спине ближе к шее. — Ничего не получается с вами! Да расслабьтесь же вы!

"Доктор" заправил в шприц какой-то раствор из ампулы и сделал Анатолию укол. Несколько минут наблюдал за ним сосредоточенно. Затем облегченно кивнул, заглянул Анохину в зрачки.

— Ну вот, так-то лучше будет, — прежней резкости тона как не бывало. — Может, вам какую-нибудь музыку включить?

– Не надо, – пожал плечами Анохин. И не почувствовал своих плеч. Каким-то внезапно легким, воздушным стало его тело, и в голове появилась удивительная прозрачность. Все было ясно и просто.

"Врач", казалось, ничему не удивился.

– Пожалуй, еще чуть-чуть надо бы добавить, – разрешил он наконец свои колебания и сделал Анатолию второй укол. – Что вы ощущаете? – спросил он, остановившись у кресла напротив и медленно водя перед собой ладонью. – Видите меня?

– Мне очень хорошо, – ответил Анохин, закрыв глаза почему-то. – Вижу вас замечательно. Что мне теперь делать?

– Ничего. Точнее, что угодно. Потом, если захотите, расскажете мне, что с вами происходило. Но, повторяю еще раз, это ваши проблемы, ваши усилия, я буду давать заключение только по окончательному результату, промежуточные достижения меня не интересуют. Я ухожу сейчас, но в нужный момент буду рядом, об этом не беспокойтесь.

Анохин не заметил, как густобровый ушел, да и ушел ли? Неожиданно все вокруг стало блекнуть, затем сменилось столь же внезапно ослепительной яркостью. Ему было мучительно жаль, что он один все это наблюдает, хотелось, чтобы был кто-то рядом, кого бы он мог взять за руку и сказать: "Смотри со мной!"

Он вдруг увидел себя на лугу с пронзительно зеленой травой и множеством цветов, каждый из которых отпечатывался в его сознании до лепестка. Ему захотелось прилечь, чтобы полностью расслабить мышцы, всякое напряжение мешало ему, сковывало. Но сил подняться с кресла у него не было, ноги были словно ватные, он только запрокинул дальше голову и обмяк в истоме. Так находился долго, пока не пронзило его сожаление: "Что же я? Время теряю! Я ведь узнать хотел".

Тотчас же, как бы отвечая на его мысли, послышалось вежливое покашливание.

Анатолий приоткрыл глаза и увидел в кресле напротив какого-то человека. Отчетливым было лишь его лицо, туловище же как-то плавало, зыбилось, будто невесомое, никак не могло установиться.

– Вы хотели видеть меня?

Голос был гулкий, неестественный, больно отдававшийся в сознании.

– Нет. Кто вы? Тоже врач?

– Скорее, санитар. Если бывают санитары моего ранга.

Анатолий тщетно пытался

сосредоточиться, но каждое такое усилие доставляло ему невыносимую боль.

– И все-таки, как мне к вам обращаться? Я так не привык. Как ваше имя-отчество?

– Мое имя-отчество вам ничего не скажет. Обращайтесь ко мне просто на "вы", вот и все. Пусть я останусь для вас Некто, Имярек. По крайней мере это лучше, чем вранье, псевдоним. Единственное, что я вам обещаю, быть с вами искренним. Итак?

– Итак, я готов. – Анатолию показалось, что он кивнул, хотя уверенности в этом никакой у него не было. – Внимательно вас слушаю.

Некто еще раз усмехнулся.

– Это я вас слушаю. У меня не было ни необходимости, ни желания встречаться с вами, вы на нашей встрече сами настояли, она не была запланирована. Так для чего?

– Ну я же говорил, я хотел бы излечиться.

Мне только нужно помочь.

— Что ж, вы умеете нажимать кнопки. Играете на нашей субординации? Но я изучил все касающиеся вас материалы и вашу тактику вполне раскусил. Вы пытаетесь протянуть время, зная прекрасно, что обречены. Чем я могу вам помочь? Мы пошли вам навстречу и предложение свое сделали. Вы вполне могли бы дожить до глубокой старости, но не захотели, нарушили правила игры. Нам нужны ваши мысли, не скрою, но не до такой степени, чтобы мы перед вами на задних лапках прыгали, и уж во всех случаях только до тех пор, пока мы в состоянии контролировать их. Вы же часть материалов спрятали и, возможно, пытаетесь их сейчас кому-то передать. Как вы хотите, чтобы я это расценивал? Это самоубийство, вы что, не понимаете?

Анатолий сник.

— Да, я знаю. Но вы же ведь не оставили мне выбора. Я уже понял, что вы хотите сделать с моими мыслями: вдохнуть ими новую жизнь в то, что давно умерло.

— Да какая вам разница? Может, и так! Но ведь взамен мы вам оставили бы жизнь. Обмен вполне равноценный и честный.

— Нет, это не равноценно — мою жизнь на миллионы других.

Имярек поморщился.

— Ну зачем же вы так себя превозносите, преувеличиваете? Миллионы? Десятки в лучшем случае. Да и то... Но что вам эти десятки, сотни, тысячи? У вас-то жизнь одна, и она бесценна. Так что, вы вернете рукописи?

— Нет, я уже решил. Меня вы не заставите на себя работать. Но я вам обещаю, что буду молчать и что мои записи никому не будут переданы. Я хочу жить, я очень хочу жить, вы должны понять меня. Но не такой ценой – ценой предательства.

Плечи человека в кресле шевельнулись, и тело его опять заплавало в дымке.

– Жить? Жить всем хочется, вполне объяснимое желание, но что мне в вашей жизни? Какая мне в ней корысть? Записи ваши так и так от нас никуда не денутся, побегать придется, конечно, но такая работа у нас – ноги кормят и нюх. На что вы вообще надеялись? Что мы вас где-то просмотрели? Не верю в такой наив. Наша система построена так, что любой человек, который хоть чем-то от других отличается, рано или поздно, но где-нибудь высунется: не в школе, так в институте, не на работе, так в библиотеке павлиньим хвостом формуляр распустит, не в разговоре, так накропает что-нибудь, как вы, например. Ну а уж коли он на две головы выше, тут и говорить не приходится. Взять хотя бы ту ловушку, в которую вы попали с вашими книгами. Суть в ячеечках на сети: мелочь проскакивает, мы ее не трогаем, ждем вот таких буратин, как вы. Мало кому удалось прочитать те две книжонки, что вы накропать изволили, через несколько дней они уже были у меня на столе. Вот вам и самиздат. Самокапкан скорее.

Он лениво потянулся и в его руках, словно по волшебству, вдруг появились два толстых переплета.

– Они? Узнаете? Мы бы вас раньше прикнопили, но, повторяю, нам нужны ваши мысли. У нас с этим тоже, как это ни покажется вам странным, дефицит. Вот, к примеру, ваша концепция (собственно, старая как мир) о том, что благосостояние имеет смысл только до известного предела, дальше оно начинает разрушать мир Бога как вокруг человека, так и в его душе и что миссия русского человека в этом смысле особенная, что так, как на Западе, ему никогда не жить, ибо это означало бы для него погибнуть. Жить по-человечески – это ведь в первую очередь жить в Боге. Прекрасная мысль, ею можно многое оправдать, а иногда приходится оправдываться. Как иначе, ковыряя в зубах, доказать нищеброду какому-нибудь, что мясо вредно? Или вот, пожалуй, вы действительно, правы: атеизм – та же религия, только промежуточная, предназначенная человека от Бога официозного к представлению истинному о Нем привести. Что ж, быть по сему! Идею Бога куда целесообразнее не отвергнуть, а подчинить себе. И в данном случае ваша идея Бога мне представляется как нельзя более удачной: Бог как единый организм, в котором человек только мельчайшая клеточка. Практически, ведь это та же материя, однако материализм исключает веру, и здесь большой промах его. Материей никогда человека как следует не объять, а уж тем паче не взнуздать, не скукожить. Что же нам следует отвергнуть? Да ваше учение об идоле, только и всего. Вы предлагаете схему веры, которая нас устроить не может: Бог – Человек – Общество со всей его иерархией. Наша же схема традиционна, но веками испытана: Бог – Общество – Человек. Итак, я правильно излагаю ваши взгляды?

– В общем-то да. Я редко встречал такое понимание.

– Не обольщайтесь, это опять же просто моя работа. То, что вы написали, совсем не Антиапокалипсис, совсем не рецепт. Так, всего лишь попытки, поиски.

– На большее я и не претендовал.

– Нет, не скажите, вы способны на многое. Сколько вас ни стригла система наша, а немало еще осталось. Ну да, собственно, я не собираюсь вас к чему-то призывать, в чем-то убеждать. Все предложения вам уже сделаны, сроки определены. Беда ваша в том, что вы представляете собой в данном случае некий сосуд с бредовыми идеями. Джинна можно уничтожить только в зародыше, только вместе с бутылкой. Вот в чем вопрос! Как это ни странно, но сумасшедшие идеи очень легко овладевают здоровыми людьми. В интересах человечества вы должны оставить эти идеи здесь, в сумасшедшем доме. Если мы не сумеем сделать это, на карту будут поставлены судьбы множества людей. Даже если вы правы, вам хорошо известно, что знание не в состоянии осчастливить человека, счастье ему дарит только неведение. Прозрение обладает слишком большой взрывчатой силой, нужно снимать бельма с глаз постепенно, да и нужно ли их снимать? Боюсь, что вы неисправимы, полковник. И я ничем не могу вам помочь. Одно мне непонятно: на что вы надеялись, напрашиваясь на разговор со мной?

– На чудо.

– Чудес на свете не бывает.

– Напротив, весь мир стоит под чудесами.

– Но почему же на сей раз чуда не произошло? Вы рассчитывали, что вдруг на моем месте окажется ваш духовный собрат? Ну так этого не получилось. Вы лишь ускорили свой исход.

– У каждого свое чудо. Для меня самое невероятное – чудо познания.

– Да, я давно догадался об этом. Вы

любопытны до смерти, даже перед ликом небытия жажда в вас неутолимая. И вы знали, что и я из той же породы, и даже те, кто надо мной. Но тут вы опять просчитались, в моем звании я тоже обладаю большой самостоятельностью, и в моей власти полностью решать вашу судьбу. Что касается собственно моего любопытства, то я понимаю, что существует так называемое последнее желание. Наш разговор никем не фиксируется, и я вполне могу позволить такую роскошь – желание это ваше удовлетворить. Кто мы, я правильно понял витавший все время нашей беседы в воздухе вопрос? Вы его уже задавали, но не получили удовлетворившего вас ответа. Я отвечу вам по мере возможности, но... уж и вы будьте со мной откровенны, должен быть равноценный обмен.

– Обмен неравноценный, вы останетесь

живы, а я...

– Будем торговаться?

– Нет, конечно, я с самого начала был согласен, вы знаете это. Итак, кто вы?

– Кто мы? А кто вы? Может, вам покажется странным, но я, вероятно, единственный, кто считает ваши слова о Вселенной, и о полковниках не бредом, а воспринимает их вполне всерьез. Я не знаю, полковник вы или немного другого звания, но в том, что над вами сонм, что руководят вами бо-о-льшие люди, я не сомневаюсь. Не исключено даже, что вершки или корешки тут далеко уходят с Земли.

– Как это? – опешил Анохин. Такого поворота разговора он никак не ожидал.

– Видите ли, – спокойно ответил Некто, – эта проблема и меня волнует. Я, к примеру, не верю в какую-то безликую эволюцию, придерживаюсь теории внеземного происхождения нашей цивилизации: пусть не ступала здесь нога пришельцев, но Слово-то было послано извне наверняка. Но... как тогда мы с вами очутились на разных полюсах? Уже было внесено противоречие? Ладно, давайте по-вашему. Когда вы спрашивали, кто мы, вас только одно интересовало: мы люди Добра или люди Зла, Бог за нами стоит или сатана? Я вас правильно понял?

— Да, конечно, — кивнул Анохин. Теперь ему казалось уже, что нет никакой ирреальности, что было какое-то легкое у него недомогание, а сейчас он все ощущает вполне отчетливо. И вовсе не джинн сидел перед ним, а более чем обыкновенный человек, с какими-то столь обыкновенными чертами лица, что и затвердить их было невозможно, в добротном костюме, при галстуке. Лицо немного усталое, но вполне доброжелательное лицо. И разговор их был интересен и не предвещал ничего грозного. Казалось даже, что они подружились или близки к тому, чтобы стать друзьями.

– Отвечу вновь вопросом на вопрос: вы твердо уверены в тех, кто стоит над вами? Что вас не используют втемную при всей вашей "самостоятельности"? Что тот человек не "подставил" вас? – И не дожидаясь ответа, Некто тут же продолжил: – Нет, такой уверенности в вас нет. Так может, нам вместе разобраться? Не желаете? Что ж, воля ваша... – Он помедлил, как бы задумавшись, затем неторопливо поднялся с кресла, несколько раз прошелся из стороны в сторону, каждый раз исчезая из поля зрения Анохина, словно бы выходя из кадра. Наконец остановился перед Анатолием и взглянул ему в глаза пристально, крепко сплетя у подбородка пальцы. – Впрочем, есть у вас еще один шанс...

Анохин промолчал, не спросив: какой же?

— Пожалуй, все так вплотную подошло, что я и не могу его вам не предоставить. Во-первых, разговор этот настолько важен для вас, что не исключено, что после него вы договор-то подпишите, а во-вторых... во-вторых, даже если этого не произойдет, то вы тем более добьетесь своего: мысли ваши до такой степени нам могут приглянуться, что я просто вынужден буду о них начальству доложить, а значит, как раз и сбудется то, чего вы так страстно желали, — и подниметесь вы еще на одну ступенечку. А коли так, — тут он развел руки в стороны, — дело за малым: вопрос единственно в том, готовы ли вы серьезно поговорить?

Анохин кивнул.

— Да, я готов. О "Нем" будет речь,

наверное?

Некто-Имярек вздохнул с видимым облегчением.

– Ну конечно. О ком же еще? Ведь те ваши две книжицы – мелочь, пустячок. Так сказать, дебют мастера, не более того. Здесь нам повезло захватить у вас кое-что поинтереснее. Но мы не будем разбрасываться, я уже чувствую, что вы начинаете уставать. Да, в самом деле, меня интересует та рукопись, в которой вы решили заняться исследованием структуры Зла. Ни мало ни много, хорош замах! Причем даже не анатомией вы увлеклись, а скорее уж физиологией, на что и вообще мало кто покушался. Но и тут тема слишком обширная. Вот видите, как я многословен: все вокруг да около. А вы так сразу: "о "Нем". Другой бы попросил объяснения, кто – "Он", "Их" ведь несколько, но я-то сразу вас понял. – Он помедлил, поколебался, затем спросил осторожно, уклончиво, как бы в сторону: – Но может, вы знаете его имя, как о "Нем" иначе говорить, не на пальцах же объясняться?

Анохин промолчал, однако видно было, что он хорошо улавливает суть разговора.

Некто вздохнул.

– Вот и я о том. Итак, согласно вашей книге анти-Христос не должен появиться перед вторым пришествием Иисуса, сатана не мог так долго медлить, его "сын" был послан на землю вскоре же за Сыном Божьим. Сатана воплотился в другом месте и оплодотворил женщину, которую по странному совпадению тоже звали Марией, от нее родился мальчик, которого звали, ну я не знаю, как там по-еврейски либо по-гречески – Аваддон, Апполион – одним словом, Губитель, Противоборец. Он находился постоянно возле Христа, но в каком образе, под каким именем, так и не выяснено. Он подготовил гибель Христа, по своей логике полагая, что гибель означает конец, однако эффект действий его получился совершенно обратный и гибель стала началом. Бог победил, как и должно было быть, но сатана не сдался. Его "сын" тогда решил сделать в глазах людей Иисуса Христа идолом, заслонив им как настоящего Сына Божьего и Человеческого, так и – внимание, тут главное! – Бога Отца. Ибо поклоняясь идолу, никто Богу не поклоняется, поклон свой он отдает сатане. Бог не терпит жертвоприношений, во имя кого бы они ни приносились, в этом как раз легко распознается сущность Его. Впрочем, что это я вам вашу книгу пересказываю? Что вы дальше выяснили, гораздо интереснее узнать. Пусть это будут лишь предположения, не столь важно. Ну так где находился анти-Христос, вы уже вычислили? Быть может, среди апостолов? Или наоборот, фарисеев? Или же просто крался по следу и вредил? Скажете или и дальше будете отмалчиваться?

— Мне это скучно. — Анатолий непритворно зевнул, едва успев прикрыть рот ладонью. Первый шок прошел, он уже взял себя в руки, успокоился. — Странно и немного обидно даже, что из всего множества материала, мной собранного, вы почему-то на такой мелочи — редком, мало известном кому ответвлении богомильства остановились…

— Но вы же сами меня к нему привели. Бог — Царь на небе и на земле. Бог только на небе Царь, на земле же сатана властвует, с Божьего же, впрочем, позволения. Бог существует, но он недоступен разуму человека – вот три грани человеческого сознания, по-вашему, ничто вне их невозможно.

– Но тут лишь гипербола, фантазм, гипотеза, – с досадой поморщился Анохин. – Не слишком ли вы придаете большое значение этой легенде?

– Не слишком, – сухо и серьезно оборвал его Имярек.

Анохин откашлялся, кивнул.

– Хорошо, я отвечу: нет, не выяснил. Я ведь, как и вы, тоже полагал, что идти надо от начала, но оказалось на поверку, что самый-то верный путь – обратный, от современности да вглубь веков.

Некто взглянул на Анохина пристально, глаза его блеснули.

– Так, так, и что же вы в сиюминутности нашей, в сегодняшнем дне накопали?

– Главное. Я твердо усвоил, в чем суть

момента.

– Так откройте, откройте же!

– Вам открою. Только не обижайтесь потом – вам прибавится работы.

– Работы? Чем испугали! Работа не хлеб для меня, даже не воздух, жизнь для меня работа! Я еще раз напомню вам: ни вы, ни я – никто из нас не уверен, на чьей он стороне. Так пусть знают двое – уже больше шансов.

Анатолий помедлил, затем проговорил со вздохом:

– Суть проста, как все сущее. И сложна, как все, что внутри нее. Кто бы мог подумать, что именно сатана, при всем двуличии, даже многоликости его, не в силах дольше будет выносить раздвоение? Он не хочет отныне, чтобы поклонялись маскам его, он желает, чтобы поклонялись ему самому. Он тоже борется вроде как за чистоту, говоря людям – считая, что они достаточно созрели для этого: уж если вы так давно сатане поклоняетесь, не пора ли признать его своим богом отныне и вовеки веков? Он считает себя на это вправе. Ведь именно он и никто другой внушил нам, что Бог впрямую руководит каждым нашим поступком, всеми нашими помыслами, а Бог-то на самом деле нам гораздо большую, широкую свободу дает, лишь установив: не переступи черту. И вот как же: он, сатана, столько трудился, а Бог лишь взирал и не вмешивался; в чьих же руках тогда истинная власть? Но только сам он, сам может завершить то, что начал, в каких бы попок, лжемессий своих семян он ни заранивал, а недостаточно было в них Зла, ибо Зло не в попках, а в тех дураках, которые столь легко дают себя обмануть. "Хуже бесов тот, кем они владеют" – слыхали, может быть, такое изречение?

Анатолий замолчал, утомленный своей тирадой. Имярек не тревожил его, затем все же не утерпел. При всей своей скептичности, он был крайне заинтригован.

– Ну а что же Бог? Он тоже в Своем образе явится, чтобы принять решающий бой?

– Нет. Вы слишком преувеличиваете значение дьявола. Сказано: есть сатана в Царстве Божием, но нет царства сатаны. Бог слишком велик. И на земле сатане не отвоевать себе царства.

– Но кто же в бой вступит? Христос? Другой Богочеловек?

– Нет, просто человек. На этот раз Бог идет дальше. Просто человек.

– И что же, он уже явился?

– Вы слишком много хотите знать, вам по званию не положено.

Некто усмехнулся, покачал головою.

— Откуда в вас такая уверенность, что я не последняя инстанция?

— Догадываюсь, — пожал плечами Анатолий.

— Но я же вас предупредил, что на мне кончается Кто, Имя.

— Но вы там не один, имя вам – легион.

Некто усмехнулся.

— И то верно. Однако и это нам уже у вас ведомо: человекобог, который должен будет придти на Землю, по-вашему не будет принадлежать одной какой-то религии, а всем религиям, его задачей как раз и будет всех людей перед Господом объединить. Он, скорее всего, уже где-то законсервирован как бы, дожидается своего часа, даже не подозревая о своем предназначении. Это может быть каждый из нас. Но не менее важно другое: уже сошел на Землю сам сатана и бродит среди человеков?

— Он никогда и не покидал Земли, но впервые здесь в истинной своей сущности.

— Э-э-э... с козлиной бородкою да с копытцами?

— Зачем вам это? Вы что, хотите место занять в оруженосцах? Так в него уверовали? Как бы вам не оказаться на моем месте, любопытство и вас подведет.

Имярек рассмеялся.

— Как оно вас постоянно подводило. Нет, мне это не грозит, и оруженосец — такое не по моей части. Как я уже говорил, никогда нам не узнать с полной достоверностью, на чьей мы стороне, поэтому я просто решаю задачи, а о высоких материях не утруждаюсь задумываться. У меня есть все, что я хочу, я это от-ра-ба-ты-ва-ю, остальное не входит в круг моих интересов. Так что и вернемся к работе. Как я уже говорил, я не волен над вашей судьбой, она целиком в вашей власти.

Но вы были искренни сегодня и существенно дополнили, прояснили для меня картину, так что и я готов по мере сил и возможностей рассеять ваши недоумения. Быть может, я вас недооценил, но не беда, теперь суммируем сказанное. Человеку со стороны наша беседа могла бы показаться чистейшим бредом, и действительно – чего только не наслушаешься в сумасшедшем доме. Однако попробуем проникнуть за суть вещей, отбросим маяки, созданные человеческим воображением: Бог, сатана. Нет, вы поймите правильно, я человек верующий, но вместе с тем очень прагматичный. Так что же можно извлечь из ваших рассуждений? Что ни Добро, ни Зло не могут быть всесильными? В первом случае мы тщимся уподобиться Богу, что само по себе кощунство; что во втором – стоит ли объяснять: один из ликов Его на земле – красота, а красота есть чувство меры... меры добра и зла? Но коли так, выходит... зло необходимо?

– Скорее, неоспоримо. Но вы думаете, это царство вечно?

– О, новое небо и новая земля... Я полагаю, новое так далеко, что оно не грозит нам. А потому вернемся лучше к делам сего царства. Вы знаете, какая из ваших мыслей меня наиболее поразила?

Анохин пожал плечами. Он уже начал уставать.

– Подождите, подождите немного, мне самому вдруг сделалось интересно. Так вот, что Апокалипсис не гибель, не предостережение, а наоборот, единственный выход, исход. В новое время. Вспомните, когда человечество узнало, что конца света не будет и надо как-то дальше жить, какой это толчок дало его развитию! И вот сейчас что-то подобное происходит. Подумать только, как мы с вами познакомились: мне была поставлена простенькая задачка: проанализировать, что произойдет, если чуть-чуть расширить рамки свободы и насколько их расширить можно, так как рабский труд стал совсем неэффективен и здание все стремительнее начало ветшать. А как глубоко мне пришлось забраться, даже вот в психушке побывал! И что же, что же самое обидное? Как только здание будет подновлено и ясно станет, что оно сможет долго еще просуществовать, то "лишнее" тут же отбросится, уничтожится и никому уж не докопаться потом, что и как на самом деле было. Ну а еще (что уж совсем прискорбно) когда вновь понадобятся изменения, все придется выдумывать заново. А ведь было, было, лежало под рукою. Вот посмотрите, к примеру, как несправедливо получается с вами: то с вами пестались, носились, как с писаной торбой, а то сделались вы просто сор. И кто же, кто кроме вас виноват, что вы дошли до такого самоуничижения?

– "И увидел я в деснице у Сидящего на престоле книгу, написанную внутри и отвне... ВНУТРИ И ОТВНЕ, запечатанную семью печатями. И видел я Ангела сильного, провозглашающего громким голосом: КТО... КТО... кто достоин раскрыть сию книгу и снять печати ее? И НИКТО... НИКТО... НИКТО... никто не мог, ни на небе, ни на земле, ни под землею, раскрыть сию книгу, ни посмотреть в нее. И я много плакал о том, что никого не нашлось достойного раскрыть и читать сию книгу, и даже посмотреть в нее".

– Ты что, знаешь наизусть всю Библию? Так и будешь ее нам пересказывать?

— Я ничего не знаю другого, чего бы вы так хотели знать. "...И ДРУГОЕ... другое знамение явилось на небе: большой красный дракон с семью головами и десятью рогами, и на голове его семь диадем... И произошла на небе война: Михаил и Ангелы его воевали против дракона, и дракон и ангелы его воевали против них, но не устояли, и не нашлось уже для них места на небе... Итак, веселитесь небеса и обитающие на них! Горе живущим на земле и на море, потому что к вам сошел дьявол в сильной ярости, ЗНАЯ, ЧТО НЕ МНОГО ЕМУ ОСТАЛОСЬ ВРЕМЕНИ".

— Продолжай, продолжай, мы ничего не имеем против, расскажи нам еще что-нибудь, расскажи, нам так нравится тебя слушать. Что ты видишь сейчас, где находишься, на небесах?

– Нет, я вижу ребенка, своего ребенка.

– Какого ребенка, у тебя же нет детей?

– Того, кто еще не родился.

– И родится ли? Это мальчик или девочка?

– Мальчик.

– А его мать, она где-нибудь неподалеку?

– Наверное. Я не вижу ее.

– Интересно было бы посмотреть. Она брюнетка, блондинка? Вы вместе учились в школе? Может, вы соседи? Как вы познакомились?

– Я вижу только мальчика. Мне больно. Я не хочу отвлекаться. Мальчик с собакой. Они играют, очень веселы.

– Мальчик… может – это ты в детстве?

– Нет, у меня все по-другому было.

– Но собаку, собаку ты, по крайней мере, можешь описать?

— Да, бульдожка, французская, черная и совсем не злая.

— Как ее кличка? Как ее кличка?

— Мо... Мо...

— Ладно, не напрягайся, что ты там еще видишь? Дом?

— Дом. Дом... У меня нет дома. У меня нет дома. У меня нет дома.

— У тебя нет ребенка.

— У меня нет ребенка.

— Но есть женщина, от которой у тебя обязательно будет ребенок. Как ее имя? Она красивая?

— Да, очень.

— Да, очень... Ладно, ну а собака, она твоя или той женщине принадлежит?

— Мо... на... Мона.

— Мона? Собаку зовут Мона? Хорошо. Что-то начинаешь вспоминать. Продолжим дальше. Рука, которая тогда взяла у тебя твои записи, она была изящная, грубая, большая, маленькая, мужская, женская?

– Не помню.

– Но может, ты помнишь хотя бы, какими были ногти? Нет? Но что ты помнишь, на что ты в тот момент смотрел, если не на руку? В глаза? Какого цвета были глаза?

– Не могу вспомнить, не могу сейчас вспомнить, не могу сейчас вспомнить, я очень устал.

– Все, считай, что мы уже закончили на сегодня. Осталась буквально одна минута, и ты сможешь прилечь, отдохнуть. Тебе даже не придется добираться до своей палаты, ты тут же ляжешь на каталку и тебя отвезут, но еще два вопроса. Ответь на них, иначе все придется начать заново. Сосредоточься, попытайся сосредоточиться. Готов? Итак, думай внимательно: ребенок, женщина, собака. Женщина – та, которую ты любишь, больше ты никого не любил. Так?

– Да.

– Собака принадлежит этой женщине, мы правильно поняли?

– Да, я ее тоже очень люблю. Мона. Мона.

– Теперь последнее: ребенок. Он не имеет отношения ни к женщине, о которой мы ведем речь, ни к собаке, ни к тебе самому. Ребенок. Кто этот мальчик? Почему ты о нем думаешь? Почему он – главное, что ты от нас хочешь скрыть?

– Не знаю, не знаю. Оставьте, отпустите меня.

"Облака. Белые-белые. Куда они плывут? Где вы теперь, ребята? Не обижайтесь на меня. Как я? Скоро, очень скоро... Или никогда. Никогда... Я не помню, я почти ничего не помню. Только совсем немногое в памяти моей осталось. Но это я знаю так глубоко, глубоко, глубоко, глубоко и точно, как никто и никогда. Никогда..."

ГЛАВА ДЕСЯТАЯ

Лицо немного измождено, глаза бегающие, с каким-то лихорадочным блеском, щетина трех-четырехдневной давности, однако при всем при том, скорее всего – из хорошей семьи, на бродягу, уголовника не похож. Возможно, студент, по возрасту подходит.

"Студент", не выдержав пристального взгляда Горохова, спрятал под стол трясущиеся руки и судорожно сглотнул слюну.

– Простите, не знаю вашего имени.

– Вадим.

– Итак, вы хотели бы у нас поработать? – Горохов задумчиво покивал головой, стараясь выглядеть как можно доброжелательнее.

– Нет-нет, Боже упаси! – Родимцев

нервно фыркнул, однако тут же спохватился и добавил уже гораздо кротче: – Я не о том совсем. Просто бывает так – нужно дров наколоть или что-нибудь там еще сделать. Вы не смотрите, что я на вид такой хлипкий, я все могу.

– Все можете? Это любопытно... – Горохов поднял брови. – Ну, все нам, конечно, много, а вот по части дров... Тут и вправду проблемы. Вроде бы столько под рукой дармовой рабочей силы, а никого не подвигнешь – хотите верьте, хотите нет.

Они на некоторое время замолчали, подойдя к самому деликатному моменту. Наконец Горохов вздохнул.

– Так, и каковы же ваши условия?

– Девять шестьдесят.

– Не понял?

– Девять шестьдесят. Мне столько денег нужно, чтобы домой добраться.

– Оригинально, очень оригинально. Но вы, как видно, не так уж далеко живете?

Родимцев усмехнулся:

– Есть такой зверек длинноухий... Слыхали, наверное? Я думаю, в моем возрасте совсем не грех в его шкурке немного прокатиться.

– Да, только вот морковка на станциях не растет... – в тон ему поддакнул Горохов. – Тем более, что вы и так дня два-три как, вероятно, на подножном корму? – Он помолчал немного, затем проронил сокрушенно: – Но не та, не та в наших краях травка. Да, друг Вадя... ни кокнарчику у нас тут, ни анаши. Что же вас все-таки сюда привело в таком случае? Никак в толк не возьму. Может, "колеса" предпочитаете? Если так, все логично, подобного добра у нас действительно выше головы.

Родимцев вспыхнул, губы его затряслись

как бы в обиде.

– Вы ошибаетесь, – сказал он с усилием, – я не наркоман.

– Да кто ж говорит, что наркоман, – миролюбиво согласился Горохов, – просто балуетесь. Завязать, кстати, не пробовали?

Константин угрюмо промолчал, выжидая момент, чтобы вскочить и броситься к двери.

– Да расслабьтесь вы, – Горохов с досадой поморщился, – не буду я звонить в милицию. Совести у меня не хватит подложить им такую свинью. Наркоман, подумайте – это в нашей-то тихой заводи!

– Ну зачем же свинья, лучше пусть будет птичка...

Горохов какое-то время смотрел на своего собеседника в недоумении, а затем буквально скорчился от смеха.

– Ради Бога, Вадим... Вы уж извините, что я... Что я так неудачно выразился... Я совсем не то имел в виду... Ну конечно же – птичка, птичка в отчетности! Как я мог оплошать! Но вы правы, довольно, ни флоры больше, ни фауны! Что же все-таки с вами произошло?

– Решил съездить в Москву...

– За "товаром"...

– Нет, к ребятам знакомым, я учился с ними в университете...

– Там пристрастились, за это и выгнали...

– Вы как-то все переиначиваете...

– Нет, я просто вам помогаю... Так, и что же потом? Нарвались на "кидал". Накачали, бока наломали, деньги отобрали, хорошо еще не раздели. Впрочем, раздели, вижу – вряд ли на вас могло быть такое тряпье.

– Нет, ребята как раз хорошо меня встретили. Жаль, лето, не всех удалось повидать. Пришло время уезжать. Сел в поезд...

— Ну не сел – посадили. Но, как видно, без билета. На ближайшей же станции ревизоры. Дали пинка под зад...

— В общем, да, без билета. Пришлось спрыгнуть. Шел в темноте, заблудился, ночевал в лесу...

— Потом ломка началась, вообще соображать перестали...

— Ладно, я пойду, пожалуй.

— Идите. Ну а как все-таки насчет того, чтобы подлечиться? Желания не было?

— Это нереально. Самому, во всяком случае. Ну а с больницей, как вы знаете, дел лучше не иметь. Поставят на учет, потом не отвяжешься.

— Ну что ж, в принципе-то вы правы, но я мог бы вам помочь. Насчет полного выздоровления, конечно, не обещаю, не те условия, а вот подвосстановиться немного – тут можно попытаться.

— Нет, только не у вас! В психушке лежать...

— Ну, дорогой, вы обо мне слишком хорошего мнения. Неужто я позволю такому здоровому лбу здесь у нас без дела прохлаждаться? Вы хотели немного подзаработать, я правильно понял? Вот я и беру вас.

— Кем же, если не секрет?

— Ну а кем бы вы хотели? Может, моим заместителем? Есть у меня, голубчик, должность для вас поинтереснее. Где-нибудь в доброй старой Англии она, глядишь, называлась бы садовник или еще как-нибудь поромантичнее, и кандидатов на нее не было бы отбоя, а у нас все так прозаично: разнорабочий. Оттого я, наверное, больше полгода на нее и человека не могу найти. Итак, вы согласны стать Мистером Эй, Мастером На Все Руки? По рукам?

— Нет, мне нужно девять шестьдесят.

— Воля ваша, молодой человек. Вы ведь в любой момент могли бы уйти. Что ж, честь имею, не вправе вас дольше задерживать. Считайте, что я сделал для вас все, что мог. Тем более, что готов был принять вас даже без паспорта и трудовой книжки.

Я садовник, я ухаживаю за цветами. Но поскольку мы действительно не в Англии, я еще заготавливаю дрова на зиму, езжу на ферму за молоком — дел у меня столько, что к вечеру я валюсь с ног от усталости. Для правдоподобия в прошлый раз я ушел с возмущением, но на следующее утро явился с покорным видом, весь всклокоченный, с явными признаками, что я ночевал в стогу.

Я садовник, а для того, чтобы меня не разоблачили, я старательно разыгрываю из себя наркомана, который не совсем еще потерян и сам хочет "соскочить с иглы". Медсестры уже предупреждены, чтобы я ни в коем случае не имел доступ к лекарствам, иногда я ловлю на себе их озабоченные взгляды, но чаще вызываю к себе сочувствие. Я постоянно хмур и немного раздражен. Это для того, чтобы показать, что я нахожусь в состоянии ломки. Меня усиленно подкармливают на кухне, я вызываю к себе повышенный женский интерес, который по мере своих сил и возможностей стараюсь не разочаровывать.

Я садовник, но я уже не один раз пожалел об этом, между мной и людьми в больничных пижамах стоит непроницаемая стена. Я вижу их, наблюдаю за ними, но мне доступна лишь внешняя сторона. Хотя кое-какие выводы я уже сделал. Я несколько раз видел торжество Голого царя, когда ему удавалось-таки усыпить бдительность санитаров и прогуляться в чем мать родила по коридору. Однажды он даже удрал в лес и там разделся, мы его ловили всем санаторием почти два дня. Руки у него постоянно связаны смирительной рубашкой, я подозреваю, что находятся люди, которые иногда ее развязывают. Хотя и не совсем понимаю, из каких побуждений они это делают. Наверное, для того, чтобы подданные могли периодически убеждаться, что государь здравствует, и что он по-прежнему великолепен. Надо сказать, что он действительно пользуется здесь всеобщим обожанием, и когда шествует в своих любимых одеждах – нагишом, то все вокруг кричат: "Да здравствует царь!", а некоторые даже делают это по-французски. Когда я впервые лицезрел его в таком виде, я был ошарашен, а потом понял, насколько мудра и очаровательна его мания – он считает, что человеческое тело настолько совершенно, что всякая одежда уродует его. Да, да, у нас идеальный государь, жаль, что не каждый способен осознать великое мужество и совершенство правителя, не боящегося предстать перед своим народом во всей наготе. К сожалению, толпа слишком невежественна, чтобы понять это, тем более находятся отдельные личности, которые сбивают ее с толку, крича государю-батюшке нашему вслед обидные прозвища. Но он и через это прошел, наш царь. Он даже приказал называть его Мы I, чтобы показать, насколько он самоотвержен и демократичен. Надо сказать, что подданные по достоинству оценили его мудрость и не называют его отныне иначе, как Первый Му.

Впрочем, я употребил слово "народ" по привычке. Дело в том, что никто у нас не хочет быть народом, а потому народ – это я.

И я настолько вжился в эту роль, что она стала частью моего существа.

Лишь женский обслуживающий персонал терпеть не может выходок My I, тотчас науськивает на него санитаров и повелевает спеленать его смирительной рубашкой. Я в таких случаях мысленно скорблю и негодую. Ибо я действительно на стороне моего обожаемого государя. Одна из тех неожиданных перемен, что здесь произошли со мною в том, что я стал монархистом. И даже всерьез подумываю о том, а не устроить ли мне всемилостивейшему царю-батюшке-государю нашему побег.

Я уже немного знаю нашу историю, монархия у нас установилась совсем недавно, до этого были и коммуны, и республики, и диктатуры. Но монархия нам почему-то нравится больше всего. Во всяком случае, я (народ) отныне считаю, что истинная демократия только при монархии и возможна. Мне объявили об этом, и я рукоплескал.

У нас вообще все как везде. У нас есть оппозиция, контрреволюция, министры, террористы и даже парламент. Я присутствую на всех его заседаниях, расставляю стулья, раскладываю бумагу и авторучки, стою в стороне, но всегда наготове, и торжественно аплодирую, когда кто-нибудь произносит слово "народ", хотя под конец обычно уже не ощущаю своих ладоней. Я вовсе не хочу, чтобы кто-нибудь подумал, что народ безмолвствует, мне нравится монархия, мне нравится мой царь и пусть они здравствуют как можно дольше.

Да, я прекрасно вжился в свою роль, я играю в эту игру вместе со всеми, но каждый раз тем не менее оказываюсь все перед той же стеной. Потому что для того, чтобы проникнуть за нее, недостаточно просто быть здесь и обожать своего государя. Нужно, чтобы тобой всерьез занялись те люди, ради которых ты явился сюда, которыми ты интересуешься.

И которые совершенно не интересуются тобой. Конечно, я чувствую, что они наблюдают за каждым моим шагом, что никого я не обманул своими ужимками, но они не предпринимают в отношении меня никаких действий. И тем не менее, я знаю, что они существуют, что они постоянно рядом. И еле удерживаю себя от какого-нибудь безрассудного шага, вроде того, чтобы устроить побег нашему государю-батюшке. Ко мне здесь уже все привыкли, главврач снисходительно похлопывает меня по плечу, прозвище Мистер Эй настолько понравилось ему, что он иначе меня никак и не называет, ну а государь вообще проникся ко мне безграничным доверием. Однако самое страшное состоит в том (и я уже это понял), что сколько бы я еще ни провел здесь времени, к цели своей я не приближусь ни на шаг.

— Не надо, не надо мне ничего объяснять — люди видели, видели, как она входила в твой подъезд! — Марина стряхнула платком слезы. — Да я и так все чувствовала, теперь просто знаю наверняка.

— Это совсем не то, что ты думаешь. Она вовсе не за тем приходила.

— Да? Надо было не говорить, самой проследить и вас на месте застукать? Но откуда же я знала, что ты будешь так нагло отпираться? А еще говорил: давай переедем, родные мои ему, видите ли, плохи! Хам ты, Саша, больше никто! Закроешься там у себя и крутишь любовь с утра до вечера вместо того, чтобы мне с дочерью помогать. Мать-то права оказалась. Она сразу сказала, какие у тебя там "истории".

Крупейников молчал. У него вдруг пропало всякое желание бороться, оправдываться. Он просто сидел с понурым видом, давая Марине насладиться видимостью своего торжества. А когда она ушла на кухню, вдруг, удивляясь тому, что он делает, встал, оделся и вышел из квартиры, которая так и не стала для него домом.

Придя к себе, он первым делом отключил телефон. Думал, что придется всю ночь ворочаться с боку на бок со взбудораженными нервами, однако сон его оказался глубоким и ровным на удивление.

А не придумал ли он ее, свою ненаглядную? Может, вовсе и нет ее, никакой его Машеньки, а есть только Марина, Марина Кочергина? Человек глубоко ему чуждый. Что же теперь? Мучиться? Жить вместе из-за дочери? Но ведь еще совсем недавно, буквально месяц назад, он был настроен так оптимистически, делал к молодой жене шаг за шагом, старался быть терпимее, снисходительнее, каждый поступок Машеньки не судить, а понять. Все правильно, но месяц назад он был совсем другим человеком. Однако оправдание ли это? Ведь у каждого человека есть обязанности, долг. Но перед кем? То, что Бог соединил, человек разлучить не может, говорит Церковь, тут же себя опровергая: присваивая и признавая лишь за собой это право – соединять. Честно его сердце. Он любит Машеньку и никого, кроме Машеньки, пусть даже во имя этой любви ему и придется расстаться с ней.

Права ли она в данном случае? Да, конечно, и очень легко ее понять. Она любит, ревнует, и у нее действительно есть соперница, которую молодостью одной не превзойти. Однако упреки, слежка – это уже оскорбительно.

Нет, на жертвы он не способен. Если любовь требует жертвоприношений, значит, между тем, что Бог соединил, встали люди, общество, и тогда любовь превращается в уздечку для двоих. И даже детей тогда рожают и растят не для себя, а воспитывая их покорными болванчиками, для которых кивать и аплодировать даже еще более естественно, чем есть и спать.

Мириться с этим в любимом человеке? Нет, никогда. Встать из-за него на колени? Наверное, это было бы предательством и по отношению и к нему, и к своей любви. Ибо ничто благое не приходит без очищения, здесь как раз и есть главная миссия любви, "верую и люблю" — это и есть жизни религия, нельзя веровать, не любя и любить, не веруя.

Однако ему было больно. Очень больно. В сути, он знал за собой правоту, но вот прав ли он был со своим уходом? Шаг серьезный, не превратится ли он в трещинку? Ведь дело было не в ревности. И даже не в любви. Анохин, Родимцев — почему два этих человека, которых Александр Дмитриевич никогда не видел, вдруг сделались для него столь дорогими?

Об Анохине, впрочем, надо забыть на время. Не исключено, что он вообще лишь плод воображения. Однако, может, и Родимцев такой же фантом? Оснований более чем достаточно, чтобы в нем усомниться. Ведь то, что есть на свете человек с таким именем и фамилией еще ровным счетом ничего не значит. Так что лучше зайти в своих рассуждениях с другого конца: есть роман, ценность которого неоспорима, а коли есть мысли, должен быть и человек, которому они пришли в голову. Вот этот человек как раз его, Крупейникова, и интересует. Ну а каким именем он в миру обозначен – на этот вопрос еще предстоит найти ответ.

– Вы не могли бы развязать рукава моей рубашки, очень руки затекли.

– Но, Ваше величество, что скажет ваша охрана? Боюсь, мне тогда не поздоровится.

– Ну хоть на время, пока мы с вами беседуем.

– А вы не подведете меня, не обманете?

– Даю вам честное царское слово, Мы I никогда еще не нарушал его.

– Ну что ж, я, пожалуй, исполню вашу просьбу и развяжу вам руки. Но только на время.

– Ну вот, хоть на несколько минут облегчение. Любезный, вы заслужили повышение, с сегодняшнего дня я назначаю вас главным штанмейстером. ТОТ ЧЕЛОВЕК, КОТОРОГО ВЫ РАЗЫСКИВАЕТЕ, – ЕГО УЖЕ НЕТ В ЖИВЫХ.

– Что вы сказали, Ваше величество? Я не ослышался?

– Ничтожный болван, да как ты смеешь сомневаться в словах своего государя? ЭТО ПРОИЗОШЛО НА МОИХ ГЛАЗАХ, НЕ ВЫДЕРЖАЛО СЕРДЦЕ, СЛИШКОМ СИЛЬНЫЙ ЭЛЕКТРОШОК.

– Высоко ценю вашу милость, Ваше величество, но я ведь – Народ. Прежде чем ставить меня штанмейстером, нужно найти мне замену. А значит, то, что вы сказали сейчас, ко мне не относится.

– Народ? Не вижу причины, почему бы народу не подавать своему государю штаны? НАМ НЕ УДАЛОСЬ ЕГО ВЫРУЧИТЬ, В ПОСЛЕДНЕЕ ВРЕМЯ ОНИ НАКАЧИВАЛИ ЕГО ПСИХОТРОПАМИ, ОН БЫЛ НА ГРАНИ РАСПАДА ЛИЧНОСТИ, НО И ЭТОГО ИМ БЫЛО МАЛО. ОДНАКО КОЕ-ЧТО ИЗ ТОГО, НАД ЧЕМ ОН РАБОТАЛ ЗДЕСЬ, НАМ УДАЛОСЬ СПАСТИ. ЗАПОМИНАЙТЕ АДРЕС. А вот и моя охрана. Прощайте, мой любезный штанмейстер, я запомню ваше имя – народ.

Он тут же, поспешно раздевшись, с ликованием устремился по направлении к лесу.

– Но, Ваше величество, вы же мне обещали!

Участковый посмотрел на Родимцева со скучающим видом.

– Ну что, Константин Алексеевич, допрыгались?

– До чего, интересно?

– Этого уж не знаю, как говорится – суд решит. Пришел конец вашим фокусам. До этого вы как-то выкручивались: книжки трудовые теряли, устраивались на работу, потом сбегали через неделю, но на сей раз сроки вполне достаточные, чтобы принять к вам меры, тут вы доигрались и в самом деле. Ну так в последний раз спрашиваю: справку можете представить, где вы болтались последние три месяца?

– Нет.

– Ну тогда подпишите протокол – и, что называется, кончен бал. По крайней мере одним тунеядцем на моем участке меньше будет.

— Они что, вас очень допекают?

— Много будете знать, скоро состаритесь, Родимцев.

ГЛАВА ОДИННАДЦАТАЯ

И все-таки... И все-таки надо признать, что он поступил не просто неэтично, а подло. Как ни гнал от себя Крупейников эти мысли, они постоянно возвращались и все глубже увязали в его сознании. Не хотелось портить отношения с издательством... Конечно, можно было понять его: нужно спешить, сколько еще может продлиться это междуцарствие? Год? Два? Вряд ли больше. А потом внезапно, как и не было, схлынет этот повальный интерес к собственной, русской, истории, заслонится, отодвинется он проблемами более насущными, повседневными: когда тут думать о корнях своих, тут как бы день прожить. Да и издательства на свои-то шиши, не на государственные, тут же переключатся на какую-нибудь пачкотню. Да, надо спешить, однако такой ли ценой добиваться своих целей? Если разобраться – что, собственно, произошло? Он, Крупейников, помог утопить талантливого парня, написавшего очень неплохую книгу. Конечно, утопили бы его и без Александра Дмитриевича, но это совсем не оправдание.

Странное дело, возникни такой вариант лет семь-восемь назад, Александр Дмитриевич ни за что бы на него не согласился, через травлю, лагеря, через все что угодно прошел бы, ни о чем не сожалея. Почему же сейчас, при этой безоглядной свободе, безграничной открытости он вдруг так себя проявил? Крупейников терзался в мучительных догадках, но никак не мог объяснить себе свой поступок. Однако и раскаиваться, сетовать, сопли размазывать по лицу – есть ли в том какой-нибудь прок? Очередное бегство подобное раскаяние…

Нужно думать, что дальше делать, искать выход. Неужели он так низко пал? Дочь, жена его так стреножили? Но и это не оправдание. Да и не объяснение, по всей вероятности. Нет, причину нужно искать гораздо глубже.

В первую очередь, разумеется, надо найти этого парня, Константина, поговорить с ним по душам, извиниться. Сделать все возможное для того, чтобы исправить свою вину и ему помочь. Пока еще не поздно, нужно только решиться. На поступок, последствия которого, впрочем, трудно даже и предсказать, но без которого будет отравлено все его дальнейшее существование. "Ну что ж, Костя, пора нам встретиться с тобой, пора!"

Судья вперила в Константина ястребиный взгляд.

– По материалам, представленным нам, получается, что вы злостный тунеядец. Приложены, в частности, справки, что в течение последних трех лет вы и года в общей сложности не проработали. На что живете, Родимцев?

– Ну, когда я работаю, то стараюсь как можно больше денег откладывать. Экономлю, на чем только могу.

– Да, но кем вы работали? Сторожем, матросом спасательной станции, оператором газовой котельной. И так все тринадцать лет после окончания школы, ну вот тут только вначале что-то поинтереснее – водитель трамвая. С этого не разживешься, что можно здесь сэкономить?

– Я уже сказал: у меня мало потребностей, мне не так уж много надо.

– Как бы их мало ни было, этих ваших потребностей, но вы ведь не канарейка и не другая какая птичка Божия, признайте, Родимцев! Вы ведь сидите на шее у своей престарелой матери, давайте реально смотреть на вещи. Или же речь идет о нетрудовых доходах – "шабашках", на которые вы, как поговаривают, почти каждое лето ездите?

– Будем считать, что сижу на шее.

– Отвечайте на вопросы конкретнее: "да" или "нет".

– Сижу на шее. Да.

– Вы, надеюсь, понимаете, что это бессовестно, аморально?

– Да, мне очень стыдно, но я уже начал исправляться.

– О, интересно! Каким же образом? Из куля в рогожу? Однако не будем отвлекаться, ваши попытки ввести нас в заблуждение наивны, беспомощны. Можете ли вы объяснить хотя бы, где вы работали в последние несколько месяцев?

– Садовником.

– Не дерзите суду, Родимцев. И не играйте на публику, здесь все нормальные люди и нет никого, кто бы мог вас поддержать.

В зале раздался дружный смех. Родимцев непроизвольно обернулся и протер глаза в недоумении. Что это? Кто перед ним? Какие-то совершенно одинаковые лица, женщин от мужчин даже невозможно отличить. Но у всех без исключения были непомерно длинные шеи и какой-то причудливой, экзотической формы уши: клиновидные, кверху суживавшиеся, с волосами, пучком торчавшими на самом острие. Однако особенно поражали воображение носы. Они представали даже не клювами, а этакими маленькими хоботами, без труда дотягивавшимися до рта, а у иных и до подбородка.

— Внимательнее, внимательнее, Родимцев, не отвлекайтесь!

Константин подчинился требованию, но тут и сам разинул рот от изумления, ему показалось, что лицо его сделалось таким же, как и у сидевших в зале. Он даже для верности поспешно ощупал свой нос. Однако тот формы вроде бы не изменил. Но что же так его поразило?

Судья сидела на корточках на столе. Она не смотрела в зал — взирала. Хищно, дерзко, полная уверенности в своей непререкаемой власти, в неописуемой красоте.

— Отвечайте суду, Родимцев! — Голос издалека донесся, вроде бы как и не ее.

— Да, да, где вы работали — объяснитесь! — Те две женщины, что сидели по бокам судьи, "народные заседательницы", больше не в силах сдерживаться, тоже вскочили с кресел на стол и по-лягушачьи запрыгали, издевательски Константину подмигивая: — Ну где же, где?!

Лица у этих были другие, здесь уже не носы, не рты — губищи над всем преобладали, невероятно подвижные, то трубочкой вытягивавшиеся, то вдруг обнажавшие большие, нацеленные вверх и вниз клыки. Впрочем, на том их сходство и кончалось: одна была маленькой, толстенькой, но с тонкими крохотными ручками, у другой же, сгорбленной, но беспрестанно, как гуттаперчевой, туда-сюда вихлявшейся, были не руки даже — ручищи с огромными острыми когтями вместо пальцев.

— Что это с вашей стороны — вызов или упрямство? — Голос был незнакомый, мужской, уж определенно судье не принадлежавший.

Родимцев в растерянности огляделся, он никак не мог сориентироваться, откуда голос этот доносился, куда ему отвечать.

Маленький неприметный человечек подкатился к судье и что-то тихо на ухо ей прошептал. Может, хотел, чтобы она вернулась на место, пристыдить ее? Судья согласно кивнула и выпрямилась.

– Музыка! Где же музыка? – спросила она удивленно.

Музыка тотчас зазвучала, как будто где-то только и ожидали сигнала. Темп сразу был задан бешеный, "судейский состав" сходу задергался, буквально зашелся в конвульсиях. Зал какое-то время пребывал без движения, затем, сначала медленно, как бы неохотно, но постепенно все более воодушевляясь, стал из стороны в сторону раскачиваться, притоптывать ногами. Тут и там взмывали поверх голов руки, люди вскакивали с мест, забирались на стулья, судорожно пытаясь побыстрее поймать мелодию, издавая при этом отрывистое, натужное мычание.

Один ритм сменялся другим, раз от разу еще более вихревым, увлекающим, а потом вдруг наступила полная тишина. И как бы из середины этой тишины прорвался нежданно-негаданно тонкий, неземной высоты и красоты, ангельский голос, поддержанный вскоре медленным, томным сопровождением. Зал двигался теперь плавно, слаженно, постепенно все более к запредельному голосу приноравливаясь, у многих на вытянутых лицах появились слезы умиления и восхищения.

Поддавшись общему порыву, судья, изгибаясь в такт музыке, медленно стала раздеваться. Ее глаза, как и у всех остальных, сияли восторгом. Нижнее белье было не ахти, какого-то – совсем не Париж! – местного пошива, но никто не обращал внимания на подобные мелочи. Каждая отброшенная в сторону деталь туалета встречалась с благоговением, чуть ли не рыданиями. Все двигались в такт мелодии в едином упоении. И действительно, в наготе своей предстала на столе сама красота. Бедра тугие, упругие, груди белые, выпученные для лобзания, ослепительной округлости живот. Константин и сам затаил дыхание, не в силах оторвать глаз от восхитительного видения.

Маленький человечек вновь возник. Не имея возможности на сей раз дотянуться к уху судьи, он повелительно поманил ее снизу пальчиком. Та послушно кивнула, неторопливо слезла со стола и стала одеваться. Ее примеру тотчас последовали две "заседательницы". Оказывается, они тоже в какой-то момент обнажились, однако это не сразу можно было понять, обе они были покрыты не волосами даже, а какой-то настолько густой шерстью, что кожи совсем не было видно.

Однако "судейские" так и не повернулись к публике, они смотрели вверх, даже не в экстазе, а с каким-то бездумным смирением, Родимцев не стал оглядываться, он не сомневался в том, что в таком же немом восторге замер сейчас и весь зал. Подняв голову вверх, он увидел не портрет и не живое какое-либо существо, а трепетавший в воздухе образ. И рога, и хвост – все было в наличии, но все ухожено, подстрижено, чувствовалось даже, что ресницы и брови для контрастности подведены. Костюм, рубашка, галстук являли собой образец солидности, были великолепно подобраны. Благородная седина подчеркивала величие, сознание собственной значимости. Образ вдруг ожил, расцвел сдержанной улыбкой, затем возникло движущееся в приветствии копытце, откуда-то появилась в копытце том дымящаяся сигарета...

Судья, подтянутая, деловитая, как будто и в помине не было недавних ее сладострастных вихляний, позвонила в колокольчик и монотонно, размеренно провещала:

– Объявляется перерыв.

Родимцева заставили разуться, руки и ноги его оковали кандалами, затем набросили цепь на шею и вывели из комнаты, в которой происходило судилище. Присутствовавшие в зале проводили его равнодушными взглядами. Видимо, то, что происходило сейчас с подсудимым, было им слишком хорошо знакомо и совершенно не интересно, а главным являлось то, что должно было последовать потом.

Конвоиров, сопровождавших Родимцева, было двое: один шествовал впереди, другой сзади. Они долго шли по темному, с сочившимися влажностью стенами коридору, остановившись в конце концов перед скособочившейся, проржавевшей железной дверью. Один из конвоиров робко, тихо постучал. В ответ донеслось короткое покашливание и спокойный, привыкший повелевать голос сухо произнес:

– Войдите!

За длинным письменным столом, заваленным папками, бумагами, уставленным разного цвета и формы телефонами сидел погруженный в работу человек могучего сложения, в двубортном костюме с металлическими (не исключено, что с золотыми) пуговицами. По сторонам от него находились шестеро энергичных, подтянутых, вышколенных до безропотности, холеных, кровь с молоком молодцев, как бы всегда в готовности, услужливости ожидающих распоряжений. Особенно бросались в глаза среди них черный, курчавенький, с ангельским личиком, но пройдошливой, нагловатой ухмылкой. Да еще рыжий совсем, конопатенький, с явно досаждавшим ему то и дело высовывавшимся из пиджачного шлица длинным хвостом. Впрочем, распоряжений никаких не последовало. Человек за столом поднял голову, явив одуловатое, надменное лицо с приспущенными веками и языком, постоянно на губы просившимся, определенно во рту не умещавшимся, и коротко кивнул:

— Да, я вижу. Я все знаю о нем. Решайте и дальше вопрос.

Кто был этот человек? Родимцев так и не понял. И что за образ незадолго перед тем парил под потолком? Лик Князя тьмы? Но если верить средневековым схоластам-богословам, формула дьявола проста и не вызывает сомнений: САТАНА НИЧЕГО НЕ В СИЛАХ ВЫДУМАТЬ НОВОГО, ОН ПРОСТО ДЕЛАЕТ ВСЕ НАОБОРОТ. Чем же образ тот Бога пародировал, что он делал поперек белому черного? Нет, там все было подлинно, искренне, ничто не опускалось до пустого копирования. Константин только сейчас осознал, что далеко не все в зале видели облик сей с рогами да козлиной бородкою, не исключено, что Константин был единственным, кому он так привиделся. Так, может, образ этот как раз и был тем примечателен, что каждый видел в нем что-то свое? И если верить определению: "Все зрячие одинаковы: каждый из них слеп по-своему" – возможно, как раз он, Константин, и был здесь "слепее всех слепых"? Нет, он знал точно, он не мог ошибиться, его не обмануть видимостью, поиском сущности во мнимости. Сатана в сути своей – ничтожество, жалкий слепок, кривляка, вся его мощь и власть приписаны, зло сатаны просто изнанка, изнанка Истины, Добра. "Каждый зрячий слеп по-своему"... Но все зрячие слепы в одном: истинное Зло, самих себя, они просмотрели. Они принизили идола, ибо идол внутри человека, а сатана и Бог объективны, вне его. Человек – мера всех зол, он сам себе сатана и враг роду человеческому.

И значит, тот за столом, уставленным телефонами, кто же он? Просто жрец Зла? Или действительно, "жалкий дьявол"?

Между тем Константин уже увидел себя в огромном зале, уставленном разнообразнейшими и неиссякаемыми в изощренности своей орудиями пыток. Смуглый клювастый горбун с непомерно длинными руками прервал трапезу и, вытерев о широкие штаны руки, кивнул моргавшим осовелыми от пьянства и обжорства глазками своим подручным.

– Пора, ребята! За работу! Воздадим хвалу Господу, дабы не отпала во веки веков в нас надобность!

Подручные согласно кивнули, на несколько мгновений замерев раболепно в позе крайнего умиления.

– С чего начнем, шеф? – спросил наконец один из них.

Клювастый посмотрел на Родимцева оценивающе, минуты две походил вокруг него заложа руки за спину, и только потом, все же в некоторой нерешительности, выдал резюме:

— Крепкий орешек! Но так даже лучше. Думаю, для разминки больше всего подойдут, пожалуй, "испанские сапоги"!

— Суки! Вот суки зажравшиеся! — тихо прошептал один из конвоиров, стоявший позади Родимцева. — Никаких забот в жизни: только ешь, пей да кишки на кулак наворачивай! Одно слово — суки.

— Ага! Обзавидовался! — столь же тихо попытался осадить его напарник. — Может, на место кого из них хочешь? Вся жизнь, как у крыс, здесь в подземелье, белого света не видеть, ни семьи, ни баб, только водка да жратва!

— Э, да когда так было? — голос стоявшего сзади стал уж совсем шелестящим, неслышным. — Может, лет сорок назад? Да и было ли? Кто ж теперь об этом правду узнает? А сейчас у них больше, чем у нас с тобой льгот и прав, отпуск и тот предусмотрен. Я уже не говорю о зарплате, с нашей она ни в какое сравнение не идет, – вздохнул он завистливо.

– Может, и так, – нехотя согласился с ним его товарищ, – но зачем ты при этом-то, ему такие вещи знать не положено.

Первый из говоривших искоса посмотрел на Константина и пренебрежительно усмехнулся.

– Нашел о ком рассуждать. Это так, даже не труп уже – призрак в кандалах!

– Ха-ха! Ну и сказанул! – восторженно залился смехом его приятель. – Нарочно не придумаешь. "Призрак в кандалах"!

– Эй вы там! Хорош щериться, придурки! – раздался вдруг зычный голос клювастого. – Иначе я для начала что-нибудь на вас опробую.

"Нет, я не призрак! – хотелось крикнуть Родимцеву, но он тут же осекся. – Нет, я не призрак, я видимость! Но лучше бы мне сейчас быть призраком!" – нашел он наконец точное определение.

– Ну вот, а ты говорил, будто он коньки отбросил! – довольно ухмыльнулся клювастый конвоиру-завистнику. – Бутылка с тебя, салажня, проспорил! Ну а насчет баб ты и вовсе не прав, – подмигнул он, расплывшись в улыбке уж совсем до ушей. Этого добра тут как раз наоборот – выше головы. У нас даже курс есть специальный, "букет цветов" называется. Иногда и на мужиках применяем. Вообще-то мы тютелька в тютельку положенное отгружаем, кому охота за просто так корячиться, наш труд нелегкий, но для тебя, если будет на то твоя личная просьба, можем сделать исключение!

Конвоир стал пунцовым как вареный рак,

но предпочел отмолчаться, не огрызаться, не развивать дальше тему. Лишь выйдя в коридор, он снова осмелел:

— Нет, ты скажи все-таки, за каким хреном они нужны, эти держиморды? Чего человеку иголки под ногти загонять да суставы клещами выворачивать, если он и так покойник? – мотал он головой над самым ухом напарника. – А этот кретин не сориентировался: начал бы лучше в чем ни в чем признаваться, они бы его тут же и выперли. Кому, прикинь, и на кой фиг нужны его признания? Слушай, может, под руки его взять? Он еле ногами передвигает.

– Испачкаемся же! Он в крови весь.

– Подонки! Ну подонки! – качал головой седовласый, худой как скелет старик в сером свитере. – Фашисты! Сволочи! Эх, ребята, – попытался он пристыдить конвоиров, –

какую работенку вы себе выбрали! Неужто вот так спокойно можете смотреть, как человека в кусок кровавого мяса превращают на ваших глазах? — Он сочувственно прикоснулся к раздробленным пальцам Константина: — Крепитесь, товарищ! Взойдет она, заря! Мы никому не позволим над личностью безвинного человека глумиться. Я сейчас же напишу запрос! Вас завтра выпустят! Ничего не бойтесь! Мы восхищаемся вашим мужеством. Никто, никогда, ничто!

— Много еще осталось? — когда они очутились за дверью, спросил Константин, обессиленный.

— О! Да это еще только начало! Тебе ж было сказано: крепись, мужик! Самое интересное еще впереди, — хохотнул в ответ ему все тот же словоохотливый. — Сейчас вот уголовнички тебя ждут не дождутся.

Родимцев кивнул и потерял сознание.

Очнулся он в уж совсем странной комнате. Вроде бы на кухне, но не совсем то была кухня.

– Что же это, последняя ипостась? – спросил он себя вслух в недоумении, хотя конвоиров больше с ним не было и некому ему было, кроме себя самого, задать этот вопрос.

– Нет, тут другое. Это нечто, такого тебе испытать, как я вижу, еще не доводилось, – послышался вдруг чей-то тонкий, комариный совсем, насмешливый голос. – А я вот здесь, знаешь, уже не в первый и, Бог даст, не в последний раз.

Родимцев удивленно оглянулся вокруг, пытаясь понять, кто говорит с ним в таком тоне, но вроде бы неоткуда было голосу тому доноситься. Посредине помещения располагалась лента транспортера, которая изредка вдруг приходила в движение, заглушая в такие моменты грохотом и лязганием своим все вокруг. На ней стояли, приготовленные к отправке, огромные, разнообразных форм, затейливые посудины: блюда, подносы, салатницы. Такими вот посудинами на удобных столах-каталках была уставлена, собственно, вся комната.

– Да я это, я с тобой говорю! – послышалось вдруг снова Константину, но на сей раз он угадал наконец, откуда к нему обращались.

Совсем рядом разместился изящный хрустальный гробик без крышки, весь испещренный скалящимися черепами и перекрещенными костями. Он до краев был налит ярко-алой жидкостью, в которой, приглядевшись, Родимцев увидел плававшие маленькие трупики в черных костюмах и белых рубашках с галстуками. Один из них как раз в данный момент и исхитрился завязать с ним беседу.

– Думаешь, ты выглядишь лучше? – насмешливо спросил трупик. – Я ведь не случайно заговорил с тобой. Просто стало любопытно. Ты ведь сегодня главное блюдо. Но что они в тебе нашли, так и не пойму!

– Я и сам не знаю, – мрачно ответил Родимцев, только сейчас оглядев себя. Отливали матовым блеском маслины, в круглых розеточках лежали ломтики лимона, огурца, кусочки масла, а в узеньких фарфоровых лодочках аккуратно нарезана была самая разнообразная рыба: семга, осетрина, белуга. И множество зелени: петрушка, кинза – чего тут только не было.

– Впрочем, ты не слушай меня, я, конечно, не прав. Так бывает, знаешь – не могу не поддаться чувству зависти. Никому не верь, ты и в самом деле красив, просто ослепителен. Но в этом как раз ничего нет для тебя хорошего. Хуже всего будет, если ты понравишься! – Трупик в очередной раз хохотнул, гримасничая микроскопическим личиком и весь дергаясь. – Больше, значит, тебе здесь не побывать! Хи-хи!

Но пришел, как видно, конец их разговору. Каталку с Константином развернули и повезли к транспортерной ленте.

– Как хоть тебя зовут, приятель? – успел все-таки спросить напоследок своего собеседника Родимцев.

– "Крюшон клыкастого дедушки", всем очень по вкусу! – все с той же насмешливостью отозвался тот. – Чуть что, так сюда меня, дежурный напиток. Но иногда как приправу к бифштексу подают. Кто я? Да я и сам не знаю. Вроде как донор, почетный донор. Кого же еще доить? Но и умру – не беда, найдут мне замену.

Уже явственно слышались голоса, бессмысленное какое-то бормотание, но все больше нарастал, по мере продвижения Родимцева по транспортеру какой-то хлюпающий звук, пока не поглотил он собой все другие звуки. Что за звук? Родимцев прислушался и понял, что это чавканье. Ему уж виден наконец стал весь зал, из которого его увели в подвал несколько часов назад. Даже те, кому еще не перепало ни кусочка, двигали губами сосредоточенно, напряженно глотали слюну, облизывались, не отрывая глаз от стола, на котором давно уже совершалось пиршество. Лязгавший, дергавшийся, допотопных времен конвейер подавал блюдо за блюдом. Вот молодая девушка предстала алчным взорам, обнаженная, с налитым белым телом. Ах, как хватко принялись "заседательницы" с судьей ее разделывать. Та, что справа, когтями рвала, отложила в сторону лишь несколько кусочков, самых лакомых, остальное между делом с величественной гримасой швыряла в толпу. Тотчас возникла давка, драки вспыхивали тут и там, а уж когда полетели груди да естество, так вообще получилось месиво из мотавшихся носов и алых, пенящихся кровью ртов. Снова заскрипел конвейер, и новое блюдо – какое-то гнусное, дурно пахнущее варево, на котором огромными буквами, как на торте, написано было слово "Любовь". И черпали ложками, и мочили варевом места срамные, гогоча и улюлюкая, пока не пошли чередом младенцы молочные. Сколько их было, разрываемых на месте, когда по кускам, а когда и целиком бросаемых в толпу! А конвейер все лязгал и погромыхивал, уж залило зал по щиколотки свежей кровью, уж давно отплясывали в ней те, кто в зале находился, плотоядно то по грудям, то по ягодицам себя похлопывая. И казалось, не будет всему этому конца.

Как вдруг все стихло.

У стола возник все тот же человечек, властно постучал ложечкой по хрустальному бокалу.

– Очистим, братья, помыслы наши! – заговорил он вдруг писклявым, периодически срывавшимся на самых верхах голосом. – Трапезничая, не будем забывать о духовном. Рискуя показаться занудным, тем не менее, сегодня я хочу напомнить вам о том, что и так вам всем хорошо знакомо: об Основном Законе, о Законе основ и основе всех остальных законов. Бог есть любовь – все вы знаете, но любовь многолика. Любовь окрыляет нас и дарует нам счастье, свободу. Свобода выражается для нас в свободах и правах. Пройдя через многие ипостаси, этот закон – Бог есть любовь, – облаченный в праве и представленный в своде, доходит до кристальной, выделенной своей сущности тоже в двух словах. "Достойно есть" – что охраняет Закон, как не наше достоинство? Что помогает нам оставаться людьми, как не простые и великие сии два слова? Самое страшное, что может быть для человека, – предстать ему в глазах других людей недостойным, эти люди обрекают себя стать изгоями. Ибо, что бы мы ни говорили, как бы ни изощрялись в умствованиях, нет никаких сомнений в одном: достойно есть все, что есть достойно и недостойно есть то, в чем достоинство утрачено.

– Достойно, достойно, – послышался ему в ответ нестройный хор голосов. Писклявый напыжился от гордости, сел и, с экстазом выслушав "бурные, продолжительные, временами переходящие в овацию" аплодисменты, подал знак продолжать пиршество.

– Ну а теперь главное блюдо! – с готовностью вскочила судья. Голос ее был уже не торжественен, а развязен, блудлив. – Украшение нашего стола!

Все замерли в благоговейном каком-то восторге, даже чавканье прекратилось, наступила необычайная тишина. И Родимцев вдруг почувствовал, как он медленно поднимается вверх, плывет в воздухе, сложа руки на груди, в гипнотическом оцепенении, очутившись в конце концов в самом центре стола. А потом взорвалось разом, взревело вокруг, и уж не удержался в зале никто, все-все к столу бросились, зашедшись в рыке:

– Писатель с икрой!! Писатель с икрой!!!

К счастью, Крупейникову все-таки

удалось забежать в издательство до начала заседания ученого совета, к счастью, и адрес Родимцева там нашелся. И Александр Дмитриевич сгорал от нетерпения, хотя обычно сравнительно легко переносил монотонные речитативы о том, что надо прибавить в работе или "работать надо совсем по-другому". На какое-то время он вдруг из озорства взглянул на происходящее глазами Константина и еле удержался от того, чтобы не расхохотаться: на трибуне стояли два интеллигентного вида, в очках и с бородками, козла, говорили они приблизительно одно и то же, только один во время своей речи постоянно кивал головою, а другой почему-то водил ею из стороны в сторону.

А вокруг него, Крупейникова, сидели чистейшей воды партизаны. И не спешили они вылезать из своих окопов. А ведь наверняка у многих интереснейшие работы лежат в столах, в закромах. Но не выманишь, на шиш масляный не возьмешь.

Разбито давно в пух и прах регулярное войско, генералов от матушки-истории порасстреляли-перевешали, сгноили в лагерях, но жива она, выстояла, готова и новую атаку отразить. Так что же, выходит, и он, Крупейников, партизан? Мысль эта вдруг его поразила.

ГЛАВА ДВЕНАДЦАТАЯ

"Так-так! Так-так-так-так! Что же получается?" – Крупейников никак не мог переварить неожиданную новость. Перед глазами у него еще стояло лицо матери Родимцева. Печальный, но в то же время настороженный взгляд: "Костя погиб. Три года тому назад".

"Погиб? Нет, он не мог погибнуть. Но от кого он скрывается, если даже матери родной о себе весточку не подает? Почему я не сказал ей о том, что Константин жив? От растерянности?"

Крупейников полез было в стол, чтобы достать папки Родимцева, но вовремя вспомнил, что отдал их Зое. Однако мысли не уходили из головы, и в конце концов он не удержался, придвинул к себе поближе телефон.

"Поверьте, мне бы и в голову не пришло проделать что-либо подобное, если бы не отчаянное мое положение". Его интересовали, собственно, те две записки, которые он от Родимцева получил, но кроме этой фразы ничего необычного они в себе не содержали. Разве что слово *"прощайте"*, которое Родимцев употребил в конце. *"Отчаянное положение", "прощайте"...*

— Ну что, записал? Что-нибудь еще нужно? — с готовностью спросила Зоя. — Я только половину работы успела сделать, но ты ведь сам сказал, что срочности нет особенной. Как мне, "ускорить процесс" или в таком виде все принести?

— Нет-нет, ладно. Не к спеху пока. Как, находишь что-нибудь интересное?

— Написано здорово...

— Но?..

— Это не телефонный разговор, Саша.

Однако теперь я, кажется, все поняла.

Поняла! Что она еще там поняла, если он сам ничего до сих пор не понимает? Крупейников тщетно пытался преодолеть свое раздражение. Ну почему он не поговорил пообстоятельнее с матерью Константина? Почему так поспешно ретировался, убежал словно вор? И отчего его так поразила эта новость? Какое, собственно, ему дело до Родимцева и его литературных потуг?

Однако тревога не проходила, Крупейников ничем другим не мог заставить себя заняться. Когда, где и как именно погиб Костя? "Но, собственно, зачем это мне? Какое мне до всего этого дело?" – в который раз с тоской подумалось ему. И тем не менее... что хотела сказать Зоя своим: "Теперь я, кажется, все поняла"?

— Вы извините, это опять я. Найдется у вас время поговорить?

Любовь Федоровна вздохнула, пожала плечами.

— Что ж, наше время дешевое, стариковское. Хотя и не знаю, зачем он вам, этот разговор?

— Дело в том, что мне недавно пришлось рецензировать книгу вашего сына в издательстве... Вы не могли бы мне что-нибудь показать из его архива?

Настороженность в глазах Родимцевой не проходила, она помолчала, затем развела руками:

— Я не знаю, как так получилось. Я никогда не заглядывала к Костику в письменный стол. Ну а потом, когда он... Пришлось это сделать. Но там ничего не оказалось. Так что я ничем не могу вам помочь.

Крупейников поколебался немного, затем вздохнул.

— Я оттого об этом спрашиваю, Любовь Федоровна, что рукопись романа я получил совсем недавно... от вашего сына.

— Вы хотите сказать... что Костя жив? — Родимцева растерянно опустилась на стул.

— Да, наверное, только вы, пожалуйста, не волнуйтесь. И мне очень хотелось бы встретиться с ним и поговорить.

Старушка разволновалась, заторопилась.

— Я вас очень прошу, не могли бы вы мне рассказать, о чем вы беседовали с Костей? И почему он не появляется дома? Когда, где он передал вам рукопись? Может, вы ошиблись, и это был совсем другой человек? Как он выглядел? Нет, нет, подождите! Что же я такая бестолковая? Я сейчас, сейчас... — Она вышла в другую комнату и вскоре вернулась с фотографией. — Это он?

На Крупейникова смотрело улыбающееся, с чуть прищуренными, как видно от близорукости, глазами, глубокими залысинами и немного вздернутым носом, широкое, скуластое лицо. Александр Дмитриевич вздохнул, стараясь не встречаться взглядом с Любовью Федоровной.

– Я не могу вам сказать, я ведь сам с Костей не виделся.

– Но как же?..

– Я уже говорил, мне довелось рецензировать его роман... А приходил он в издательство.

– Хорошо, поедем в издательство, – сухо сказала старушка и тут же начала собираться.

– Но Любовь Федоровна...

– Я хочу знать наверняка. Если у вас нет времени, скажите, где это, я поеду одна.

– Ну зачем же, время у меня есть.

Опять в поведении ее что-то непонятное. Что она хочет… сделать, сказать? Что-то между ними назревает, и надо бы вовремя это прояснить. Он хотел было первым начать, но Зоя его опередила:

– Как в семье, все в порядке?

– Да, конечно. – Александр Дмитриевич замялся: – Не исключено, что мы скоро сюда переедем. Знаешь, очень сложно жить вместе с родителями…

– Тонкий намек на то, что я должна вернуть ключ?

– Ну, мы пока еще не решили точно…

– Что ж, когда решите, я вас здесь не буду беспокоить. Но на ключ не надейся – не отдам.

– Интересно!

– На память пусть останется, как сувенир.

Имеешь что-нибудь против?

— Имею. Но в общем-то, это не принципиально. Железка она и есть железка.

— Дело не в железке. Просто я не собираюсь от тебя отказываться. Не буду врать, меня очень задела твоя женитьба. Собственно, не женитьба даже, а твой выбор. Что это? Возвращение к своему истинному "я"?

— Какая-то непривычная горячность в твоем тоне. Ты думала, что я вообще никогда не женюсь?

— Горячность? Я всегда была горячей. Просто ты этого не замечал. Точнее даже, не хотел замечать. Я больше устраивала тебя как какой-то удобный, отлаженный механизм. Не пойми это как упрек, мне не в чем упрекнуть тебя, Саша. Просто констатация факта. Ты знаешь, я тут недавно с удивлением обнаружила: ведь я по-прежнему люблю тебя. И когда это пройдет во мне, не решусь предположить. Я много думала: в чем причина? Быть может, дело в том, что у меня слишком хорошая память? Ведь ты — моя молодость, мое первое счастье, мой первый бог. Причем смог, несмотря ни на что, богом и остаться.

Крупейников давно уже чувствовал себя неловко и попытался перевести разговор в другое русло:

— Ты что-то сказала тогда по телефону, я не понял.

Зоя довольно усмехнулась:

— Ну что ж, будем считать, что атака на ключ отражена? Если так, то перейдем к тем материалам, что ты дал мне размножить. Но тут опять больше сугубо мое личное мнение, не знаю, будет ли оно тебе интересно... — Она какое-то время в раздумье помедлила, затем вздохнула и покачала головой. — Ты для меня, Саша, всегда оставался немного загадкою. Точнее, это как раз то, что я в тебе подозревала, и что мне в тебе столь часто мешало. Я даже не знаю, как тебя теперь воспринимать. Все эти люди, которые во все времена пытались собой закрыть бреши в космическом пространстве, вызывали во мне обычно острое чувство жалости. Я подозревала, что ты фанатик, но чтобы до такой степени... Тут уже не фанатик, а маньяк получается. Меня потрясает не то даже, что я столько лет была женой камикадзе, сама не подозревая об этом, но больше то, что все, что у нас с тобой было, как бы входило в часть его подготовки. Ты что, вознамерился переделать весь мир? Сжечь себя заживо, чтобы чуть-чуть просветить его? Ты, предостерегший меня от стольких ошибок, научивший меня ценить в жизни мгновение, неповторимость, самое себя! Я ухватилась за тебя тогда как за соломинку, думала, что ты не такой, как мой отец, что ты освободишь меня, а ты оказался еще хуже. Почему эти люди так дороги тебе, какой вообще во всем этом смысл? Ведь вовсе не в том, чтобы сгореть, предназначение у факела, а в том, чтобы светить, твои же слова!

– Тут случай особый...

– Господи, да в чем же его особенность? Во всяком случае это не твое. Твое дело типичности, а не особенности.

– Мы не поймем друг друга.

– Да чего уж тут понимать, – устало махнула рукой Зоя, – понимать-то мы оба понимаем... Я, к примеру. Болтаюсь между вами с отцом. Но и бросить вас... вы как котята беспомощные.

Крупейников внезапно разозлился. Наверное, благоразумнее было бы ему промолчать, не дать продолжиться уже сходившему на нет разговору, но он не удержался, вспылил, его буквально взбесила лживость человека, к которому он не потерял еще уважения. Конечно, женская логика, понятно, но ведь и она должна иметь какие-то пределы.

— Слушай, я не пойму, как ты так можешь: говорить о любви ко мне и в то же время быть счастливой с совсем другим человеком...

Зоя вспыхнула, поджала губы, несколько мгновений пребывала в растерянности, не находя, что ответить.

— Ты знаешь? — наконец спросила она. — Но откуда?

Крупейников вздохнул.

— Какое это имеет значение? Важен сам факт. Ты не пойми, что я ревную или как-то вообще склонен переживать по этому поводу, наоборот, я очень рад за тебя, но зачем же так лгать в глаза? У меня все в порядке, и у тебя наконец все устроилось – к чему нам прошлое ворошить? Или ты хочешь усидеть на двух стульях? Так не бывает! Хочешь разрушить мою семью? Отомстить непонятно за что? Не получится, ничего у тебя не получится!

Зоя наконец оправилась от неожиданной атаки со стороны Александра Дмитриевича, успокоилась.

– Чудак ты, Саша! И ничего-то ты не понял. У меня и в мыслях не было что-то разрушать. Неужели ты не осознал еще, что я вообще не собираюсь в твою жизнь вмешиваться, и речь с самого начала шла исключительно обо мне? Да, не стану отрицать, я действительно встретила одного человека, да, вполне вероятно, что я и в самом деле в него влюблена. Насколько я уже догадалась, кроме отца, о нем тебе сказать было некому? Может, папа даже проинформировал тебя, что мы планируем пожениться? Но... если можно, я расскажу все по порядку. Этот человек ворвался как вихрь в мою жизнь, все перевернул в ней сверху донизу. Я таких людей до сих пор не знала, они какие-то совершенно непохожие на нас. В них большая жизненная сила, они настроены многое переделать вокруг, они не отрицают духовного, но в то же время не чужды и материальным ценностям, утверждая, что одно без другого невозможно. Их убежденность завораживает, они притягивают к себе как магнит. Теперь, надеюсь, ты понимаешь меня? Для меня это слишком необычно, я разрываюсь между двумя полюсами: с одной стороны мать, отец, ты, с другой – эти люди. А ты меня гонишь, обзываешь разрушительницей, подозреваешь чуть ли не во всех смертных грехах. И одно такое обвинение следует за другим, не давая мне опомниться. – Она помолчала некоторое время, затем достала носовой платок, пытаясь удержать им наворачивающиеся на глаза слезы. – Эх, Саша, Саша, опять же, ничего-то ты не знаешь! Знаешь ли ты, к примеру, что я беременна? И какие же мы были с тобой идиоты, не могли набраться терпения, подождать! Как бы нам сейчас было бы хорошо, как бы мы были счастливы! Ты попытайся взглянуть на происходящее моими глазами: мне выбор нужно сделать, решить, а тут такое! Получается, что решено все уже за меня? Раз ребенок-то! Я люблю тебя и его люблю. А может, и кажется, что люблю... Так быстро не разобраться!

Что она ждала от него? Что он обнимет

ее, прижмет к груди? Советы... Кто бы дал ему совет сейчас? И в то же время Крупейников вдруг почувствовал какое-то странное облегчение, будто свалилась с его плеч ноша, много лет давившая на него. Он не виноват, и она не виновата, просто так распорядилась судьба. И откуда в нем вдруг такая уверенность, что Зоя пытается повернуть вспять эту судьбу? Может, он действительно не понимает ее? Нет, чушь собачья! Ничего тут и на полушку нет загадочного, просто обыкновенная женская логика во всей ее извращенности: носить под сердцем ребенка от одного мужчины, а думать о другом. "Новые"!.. Да что в них нового? Обыкновенные хапуги и рвачи! Новое лишь в том, что им волю такую дали впервые в истории, что никто их не сдерживает, да и кому сдержать? Все вокруг только тем и заняты, что плачутся да направо-налево поклоны бьют, дожидаясь, наверное, пока у них перед самым носом последние образа не умыкнут.

ГЛАВА ТРИНАДЦАТАЯ

Крупейников понимал, что его поведение выглядит бестактным, но никак не мог заставить себя отвести настороженный, изучающий взгляд от неожиданного визитера. Вид согбенный, костюм словно на вешалке болтается, странная привычка как-то приглушенно говорить. Хоть и смотрит прямо, а такое впечатление, будто постоянно озирается и в глаза собеседнику заглядывает редко, только в случае крайней необходимости. Да и вообще, мыслями далеко, как бы сосредоточившись на какой-то внутренней, тупой, вечной боли. Как он представился? Ах да, Доньшин, Доньшин Игорь Петрович! Диссидент, но сидел с уголовниками: наверное, подстроили какую-нибудь компру.

— И как это произошло? — спросил

Крупейников, чтобы прервать затянувшееся молчание.

Доньшин замялся:

— Я только очень прошу вас, вы этого Любови Федоровне не говорите, я скрыл от нее, но... погиб Костя страшно, и я ничего не мог сделать. Такой человек был: хребет ни перед кем не хотел гнуть. Ну а там свои порядки: забили его урки в тумбочку и сбросили с третьего этажа, можете представить себе, что с ним после этого было.

— И вы сказали ей: пырнули ножом? — уточнил Крупейников.

— Да, — кивнул Доньшин, — наверное, я нехорошо поступил, но не мог я ей правду сказать. И вы бы не смогли.

В его словах не было вызова, скорее — усталость.

— Вы только, Александр Дмитриевич, —

вздохнул он, – Бога ради, не поймите, что я пришел вас в чем-то упрекать. Я бы вообще не стал вас по такому поводу беспокоить, но... мне представляется очень важным, чтобы в этом деле была достигнута полная ясность. Зачем попусту волновать человека, тешить его какими-то несбыточными надеждами? Я сам очевидец Костиной гибели – хочу развеять на сей счет последние ваши сомнения. Но, может, вам одного моего свидетельства недостаточно, так я...

– Нет, нет, – поспешно пробормотал Крупейников, – я вам верю. Как я могу не верить? Да оно и по логике, их логике, так следует: не могли они оставить Костю в живых. – Он вдруг встрепенулся: – Скажите, но коли вы были с Костей столь дружны т а м, наверняка он упоминал об одном человеке... Насколько я понимаю, он в то время просто бредил им, ни о ком и ни о чем другом, кроме как с ним связанном, не в состоянии был думать и говорить. Не исключено... – Александр Дмитриевич затаил дыхание, – что вам даже известно его имя... Нет? Так, раз уж зашла речь о свидетельствах, вы сами предложили – познакомьте меня с кем-нибудь, кто мог бы знать его! Мне хоть какой-то след нужен.

Доньшин воодушевился было, но тут же сник – вобрал голову в плечи, как бы инстинктивно съеживаясь в ожидании удара. Довольно быстро, впрочем, он взял себя в руки и заговорил спокойно, сухо, хотя и с изрядной долей горечи:

– Боюсь, вы меня переоцениваете, Александр Дмитриевич. Того человека я не знаю, да и вообще, к сожалению, ничем не в силах вам помочь. Я не герой и не борец какой-нибудь давно уже, я сломанный человек. Да, да, не "сломленный", а именно "сломанный", я не оговорился. У меня нет никакого желания что-либо из прошлого ворошить, я ни во что не верю, вижу кругом одно только вранье. Мне хотелось бы излечиться от этого – я ведь понимаю, что нельзя так жить, но, по всей вероятности, должно пройти какое-то время, чтобы я смог придти в себя. Вы же тут не знаете ничего, не имеете даже отдаленного представления о той гнусности, которая Костю убила, а меня искалечила. Вот и не знайте, о таких вещах лучше не знать. Вы ведь, наверное, думаете, что вокруг действительно что-то переменилось, а просто новая ложь пришла на смену старому вранью. Казалось бы, все позади, на меня совсем по-другому смотрят сейчас, не как раньше – будто я исчадие ада или какое-нибудь гадкое насекомое. Я мог бы даже чувствовать себя героем, но у меня нет такого чувства. У меня нет ощущения победителя, т а м я прилагал нечеловеческие усилия, чтобы выжить, не дать попрать свободу, идеалы, справедливость. Сейчас у меня вполне четкое впечатление: то, что было со мной, – просто мелочь, истинная борьба только начинается, но у меня в подобной борьбе нет ни единого шанса, да и сил уже нет. – Он помолчал, затем вздохнул и продолжил: – Мне бы вот семью создать, тут – ценности нетленные, но не могу пока, все боюсь, рок мой и туда потащится. Я понимаю, вы, должно быть, считаете меня трусом, но мне ваше мнение... Как я вам сказал уже, прежде надо т а м побывать.

В дверях он замешкался, обернулся, спросил после некоторого колебания:

– Что вы предполагаете сделать с Костиным романом?

Крупейников вздрогнул, такого поворота в разговоре он не ожидал. Видя, что инициатива ускользает из его рук, он не нашел ничего лучшего, как только избрать тактику ответа вопросом на вопрос:

— А что бы вы сделали на моем месте?

Доньшин смешался, лишь неопределенно пожал плечами, крыть ему было нечем.

Ждать звонка? Позвонить самому? Или вообще приплестись с побитым видом? Впрочем, а зачем? Голова совсем не работает! Куда ведь проще — встретить Машеньку, когда она прогуливает дочку, да не спеша, без помех с ней поговорить. Тут ведь не в принципе дело — кто первым проявит инициативу, а в существе. Все равно ведь работа из рук валится, нужно рассеять недоразумение и уже дальше не отвлекаться.

Марина выглядела грустной, не выказала при виде Крупейникова ни раздражения, ни воодушевления, молча слушала объяснения

Александра Дмитриевича. Потом сказала, стараясь, чтобы вышло как можно мягче:

– Ты не обижайся на меня, Саша. Понимаешь, я не виновата, но все пришло к тому, что нам надо развестись.

Крупейников замолчал, в первые секунды ничего не соображая. Как часто бывает – от удара до того момента, когда появится боль от него, проходит время, когда человек еще ничего не чувствует и может по инерции бежать, кричать, улыбаться. Александр Дмитриевич слышал все слова, которые Марина говорила дальше, они даже откладывались в его сознании, но без осмысления, он ничего в них не разбирал. Куда-то подевались его решительность, уверенность, он был растерян и совершенно разбит. Потом сознание, как всегда в таких случаях, начало защищаться сомнением: да нет же, не может такого быть.

– Ну, это не разговор, Мариша. Я виноват, конечно, не отрицаю, но зачем же так сразу – развод?

Марина вздохнула и отвернулась, пытаясь скрыть навернувшиеся на глаза слезы, затем взяла себя в руки, вскинула голову:

– Нет, Саша. Тут не сгоряча. Я давно уже пришла к такому выводу, просто не решалась заговорить с тобой на эту тему. Но ты же сам понимаешь: другого выхода у нас нет.

Александр Дмитриевич кивнул, но не смог скрыть запальчивости.

– Это они? Они тебя уговорили? Сама ты так решить не могла!

Марина пожала плечами:

– Сама, они – какая теперь разница? Вопрос решен уже, пойми...

– Как решен? – Крупейников даже

задохнулся от возмущения. – Кто решил? Как можно решить в этом что-то за меня, без меня? У нас ребенок, Маришечка, разве мы можем вот так, сгоряча, решения подобные принимать? Да и с чего? Ну были проблемы, разногласия, но ведь мы и не ссорились даже, по существу.

Марина шмыгнула носом и нахмурила брови:

– Нет, Саша, все уже решено, я замуж за другого выхожу.

– О, Господи, час от часу не легче! – Крупейников сначала буквально остолбенел, а потом вдруг почувствовал облегчение: происходящее выглядело слишком нелепо, чтобы быть реальностью. Злость, ревность – выше головы, конечно, этого, но все объяснимо: просто горячность чувств. – Ну, Мариша, – он даже не удержался от полуулыбки, – подумай сама, о чем ты говоришь. Как же ты можешь замуж выйти уже замужняя? Это ведь детский сад!

Она уже не могла сдержать слезы.

— Саша, опять же ты так ничего и не понял. Причем тут формальности, суть-то не в том: месяц, три, полгода — я от тебя к другому ухожу. Ушла даже уже, понимаешь?

— Как ушла? Господи, да к кому?!

Марина вытерла слезы, спрятала носовой платок. Надо было так объяснить, чтобы понятно было, и, сосредоточившись, она сразу как-то успокоилась.

— Понимаешь, мы с ним в школе учились вместе. Он тогда бегал за мной. Но он мне не нравился. Ну не то, чтобы я его терпеть не могла, хороший парень, добрый, меня очень любит, но просто с этой точки зрения я его совсем не воспринимала. Юрка и Юрка, но чтобы муж... Вот когда я тебя встретила, тут никаких сомнений не возникало: долго я ждала, чуть ли не отчаялась, но наконец ты пришел. А теперь...

– Это они тебя дотюкали?

– Ну не совсем. Матери с отцом Юрка, конечно, всегда нравился. Но так прямо они мне никогда не говорили, хотя знали, почему он до сих пор не женат, почему звонит, заходит. Ну а как с тобой у нас начало не ладиться, они как взбесились, тыркали и тыркали меня целыми днями. Но дело не в том, Саша, опять ты не так истолковываешь. Я очень виновата перед тобой, но думаю, ты простишь меня. Я сама так решила, дошло до тебя? Сама! И ты знаешь, так для всех будет лучше. Лучше, лучше, лучше! Не спорь!

Крупейников замолчал. Он не в силах был переварить услышанное, все происшедшее было столь неожиданно. И Марина не дождалась, пока он снова вступит в разговор, принялась доказывать, объяснять:

— Ну не такая я, как твоя Зоя, в состоянии ты уяснить себе? Не могу я быть какой-то подвижницей. Наверное, не родилась. Ты хоть взгляни на себя со стороны, Саша, у тебя ни друзей, ни интереса к жизни — работа, работа, работа! Сидим с тобой дома, как сычи. Ни в кино, ни в театр... Куда только все делось, а уж как ты изощрялся, когда ухаживал за мной! Я жить хочу! Танцевать, дурачиться, ерунде какой-нибудь смеяться. А с тобой что? Один хомут! И я ведь на тебя и рассердиться-то не могу, на себя только. Я же как раз о таком человеке, о такой жизни мечтала. Поначалу я и вправду собой восхищалась, героиней какой-то из романа себе казалась, а потом пелена эта с глаз спала. Для кого, для чего я живу? Для идеи, для общества, ради светлого будущего? Да нет же, не надо мне этого, я для себя жить хочу.

— Так кто же тебе так жить мешает? Наоборот даже, у меня — работа, ну а ты — живи.

Марина усмехнулась:

— Чтобы как с Зоей хочешь? Так зачем было от нее отказываться? Я ведь не от тебя, а с тобой жить хочу. А Юрка — он не герой, но только сейчас я поняла, как это здорово. Он мой, понимаешь, мой! И мне ни с кем его делить не надо.

Они долго молчали. К счастью, во дворе в этот час никого не было, и никто не мешал им выговориться. "Где сейчас теща, интересно? — подумал Крупейников. — В окно, наверное, смотрит, переживает, хватит ли у дочери решимости".

— Ну а как с ней, с Сашенькой, ты о ней подумала?

Марина кивнула.

— Да. Мы и хотим пораньше, побыстрее

все... Чтобы Юра был ей как отец.

— Ты полагаешь, я когда-нибудь дам согласие, чтобы он Сашу удочерил?

Марина отвернулась.

— Да нет, я тебя знаю достаточно. Такого не произойдет, к сожалению. Даже не собираюсь тебя об этом просить. Но это опять формальности. Тот отец, кто воспитывал, а не тот, кто на свет пустил. А потом, у нас ведь и еще будут дети...

— Господи, как быстро ты все решила, — горько прошептал Крупейников, чувствуя, как снова подкатывает к его сердцу слепящая, лишающая сознания и воли волна.

— Нет, нет, — в тон ему проговорила Марина тоскливо, — не думай так, не считай так. Мне очень тяжело, ничуть не легче, чем тебе, поверь мне. Только ты прости, не кори, не ругай меня. Я ведь его так никогда и не полюблю, наверное. Я, кроме тебя, вообще, наверное, никогда уже никого не полюблю.

Господи, да что же это? И почему, зачем? Два человека любят друг друга, да еще к тому же муж и жена. И у них ребенок, в котором их любовь соединилась... Кто вообще в состоянии разлучить этих людей? Злой рок, война, смерть – ничего нет этого. Что-то тихое, спокойное, вкрадчивое, но заставляющее вот так, с раненым сердцем, деловито что-то в подробностях обсуждать.

Нет, он сам виноват, разумеется, от начала и до конца. Виноват? Да теперь-то все ясно стало, как за спиной его сговор свершался, разве не подло так? В чем виноват? Не понял, что его потихоньку выживали, и как дурак в ловушку эту угодил? Как они радовались, наверное, когда он наконец не выдержал, сбежал.

Поначалу скрепя сердце смирились:

историк, без пяти минут доктор, вроде бы хорошая партия, а тут – засиделась в девках, ей ли выбирать? Ну а вблизи быстро выяснилось: ну историк, ну доктор почти – что с того? Что, может, деньги большие? Да ведь сейчас, если не лениться, рабочему человеку можно куда больше заработать. Юра этот, по всей видимости, как раз такой человек. Что еще? Положение? Да кто на него теперь смотрит? Вот и вышло, что вовсе не такое уж приобретение, да и вообще не подарок: ко всему прочему – чуждый по духу, не "их" человек.

Ну а что же сама-то она, неужто без головы, поддалась на уговоры? Или действительно сама все как раз и решила?

Нет, так он не выдержит. Надо отвлечься, переключиться на что-то другое. Крупейников попытался работать, но буквы прыгали перед глазами и выключенное сознание равнодушно пропускало без внимания печатные строки. Он попытался вернуться мыслями к недавнему визиту Доньшина. Итак, Костя погиб, и сомневаться в этом уже не приходится. Что же дальше делать?

— Я не вовремя?

— Ну почему же? Заходи.

— Как дела? На вид ты совсем измочаленный. Что-нибудь случилось?

— Да, тут много чего случилось, но мне не хотелось бы об этом сейчас говорить.

— Там в "Историчке" спрашивали, почему ты так долго не появляешься. Ты много книг заказал, они уже хотят отправить их обратно в хранилище. Я попросила еще день подождать… Я правильно сделала?

Крупейников кивнул:

— Хорошо, что напомнила, я совсем

закрутился.

Зоя уселась в кресло, вытянула перед собой уставшие от ходьбы ноги. Посмотрела на него искоса.

— И все-таки, на тебе аршинными буквами написано, что у тебя неприятности, почему ты скрываешь? Я что, как Берия — вышла из доверия?

— Ну зачем тебе мои проблемы, Зоя? — сухо ответил Крупейников, с трудом удерживаясь от того, чтобы не вспылить. Опять пустые, ненужные разговоры. Чего пришла, неужели она не понимает, что ему как никогда сейчас хочется остаться одному? — Да и вообще, так ли нужно тебе сюда приходить? Мы с тобой вроде бы в прошлый раз все выяснили. Я снова о ключе. Может, отдашь все-таки?

— А, все понятно, очередная семейная ссора, а я-то думала, что серьезное.

— Серьезнее некуда, не исключено, что мы с Мариной расходимся!

— Ну, значит, я вдвойне тебе сейчас нужна, — иронично пожала плечами Зоя. — Кому же еще тебе по такому поводу в жилетку поплакаться?

— Не издевайся, не издевайся, пожалуйста, — уже закричал Крупейников. — Это ведь из-за тебя все получилось! Ты, твоя дурацкая настырность повлияла на то, что Марина ушла. Ну зачем, зачем тебе все это? Ведь все у нас с тобой в прошлом. Что, ревность? Зависть мелкая, женская? На кой черт я тебе нужен? Зоя, я прошу тебя, оставь меня и больше не приходи. Мне надоела забота твоя, опека, я ведь вполне самостоятельный, к тому же женатый человек.

Зоя стремительно поднялась, сверкнула глазами, но тут же взяла себя в руки.

– Ключ уже там, на тумбочке, в прихожей. Как вошла, положила. Торжественно возвращаю. Я его в прошлый раз хотела отдать тебе, но уж больно ты был жалок, смешон, хотелось поддразнить немного, показать тебя самому себе со стороны. Но ты с тех пор не вошел в разум, наоборот, еще в большем ослеплении, как я вижу. Ладно, дальше что? Какие еще будут пожелания?

Александру Дмитриевичу стало неловко. Не переборщил ли он? Но поддаваться тоже не следовало, надо было выдержать до конца этот неприятный разговор.

– Еще мне срочно нужны те материалы, которые я давал тебе перепечатать. Тут такая запутанная история вышла, я даже не знаю, какое решение по ним принять. Скорее всего, просто отдам матери этого парня, потому что получается, что сам я никакого права не имею теперь ими распоряжаться. Но так, я думаю, даже и лучше, какая-то мышиная возня идет вокруг них непонятная, мне хотелось бы поскорее разделаться с этим.

Зоя опустилась обратно в кресло, и какое-то время молчала, не зная, с чего начать разговор.

– Рукописи исчезли, Саша. Я не хотела приходить к тебе, мы ведь действительно в прошлый раз расставили все точки над "i", но тут "ЧП", я не решилась сказать тебе об этом по телефону. – Она подняла взгляд на Крупейникова, на глазах ее были слезы. – Саша, объясни, что происходит? Я все отпечатала полностью, три экземпляра, но все исчезло, даже копирку и ту прихватили. Не знаю, что и думать. Такого не случалось даже во времена самиздата, а ты помнишь прекрасно – что только тогда через наши руки не проходило!

Крупейников вздрогнул. Они долго молчали, не решаясь посмотреть друг на друга.

– Ты точно уверена? Может, Лев Аркадьевич взял почитать? Или ты сама случайно прихватила их с собой в библиотеку, и там где-нибудь оставила?

Зоя взглянула на него с недоумением и покачала головой.

– Саша, о чем ты? Ты хоть соображаешь, что говоришь? Там восемь папок, в общей сложности – под десять кило весом. Как такое можно "случайно с собой прихватить"? А отца я в первую очередь спросила, хотя, опять же, поразмысли – зачем ему было брать сразу четыре экземпляра? Да, он брал, он всегда читал все, что мы с тобой перепечатывали, такая привычка, но он брал один экземпляр только и давно уже его обратно на место положил. Что делать? Решай сам, я ничего без тебя предпринимать не стала. Может, как в прошлый раз получится – поиграют, поиграют на нервах, но все вернут в конце концов? Но кто это, Саша? Неужели ты в самом деле так до сих пор и не знаешь?

Крупейников пожал плечами.

– Нет, не знаю. Я уже сказал тебе: запутанная история. – Он помедлил, затем вскинул решительно голову. – Я не могу в ней разобраться, да и не хочу. Украли, так и Бог с ними. Надеюсь только, что это будет последней точкой. Что им еще от меня может быть нужно? Забудь!

Зоя вспылила.

– "Забудь"? Как это "забудь"? Ко мне кто-то бесцеремонно проникает в квартиру, роется в моих вещах, совершает кражу – и что же, по-твоему, я должна молчать? Нет уж, сам ты можешь трусить, но я им так поступать с собой не позволю. Тут принципиальный вопрос! Мы достаточно раньше молчали, ни к чему хорошему в итоге это не привело. Надоело! Насчет себя решай как знаешь, а я лично не собираюсь такие вещи оставлять безнаказанными. Я иду в милицию. Сразу же, сейчас же. Я этих гадов вытащу на Божий свет! – Она обернулась в дверях. – Прощай, Саша! Надеюсь, мы останемся друзьями, но в этой квартире я не появлюсь никогда больше! Не зови!

"Господи, как же ей хочется, чтобы за ней осталось последнее слово!" – подумалось Александру Дмитриевичу, однако он благоразумно промолчал.

Слова Зои упали не на пустую почву, до Крупейникова наконец дошло, что, увлекшись поисками, он давно уже не просто идет по следу, а вовлекается в западню. И надо остановиться, задуматься. Может быть, у самого края пропасти.

"А ведь речь-то сейчас идет не об Анохине и не о Родимцеве, – достигла вдруг сознания его простая до неопровержимости мысль. – *Их* я интересую. Речь идет обо мне".

Но что же все-таки конкретно происходит? Так было с самого начала задумано или его по ходу, по оплошности, зацепило? Начальной точкой отсчета, несомненно, стал Костин роман. Взяв его в руки, Крупейников сам определил ход дальнейших событий. Ясно, что рукопись ему подсунули с определенной целью, но с какой именно? Когда он попытался отстраниться, ему совершенно недвусмысленно дали понять, что может последовать за ослушание: то, что его собственную рукопись украли, было лишь пробным камешком, мелочью, хотя и довольно прозрачным намеком. Видя его смирение, *они* вроде бы удовлетворились. Ничто не мешало дальше раскручиваться навязанному ими сценарию. Но что теперь? Наживка убрана, следы заметены, можно ли считать, что все на том и завершилось?

Кто эти люди? Ожившие персонажи Родимцева? Или те, кто послужил персонажам этим прототипами? Или, может, какая-то оторвавшаяся, обезумевшая частичка в разладившемся громадном механизме, которая действует теперь сама по себе? Лишь одно несомненно: идет какая-то игра, кого-то против кого-то, а он, Крупейников, пешка в этой игре. Случайно оказавшаяся во время партии на этой части доски. Впрочем, случайно ли?

Предполагали ли они, что он затеет самостоятельное расследование, свою игру? Такое не исключалось. А значит, именно здесь он погорел, вляпался. Но что делать теперь?

Пожалуй, выход единственный – то, что он сам Зое и посоветовал: забудь! Самое мудрое было затаиться, остеречься от неверного и рокового шага, который он в любой момент мог сделать. И, как-то внезапно решившись, Александр Дмитриевич отключил телефон и целую неделю беспрерывно стучал на машинке, отвлекаясь лишь в магазин за продуктами.

ГЛАВА ЧЕТЫРНАДЦАТАЯ

Стоило только включить телефон, как жизнь тут же вернулась в привычное русло. Беготня, звонки. И одной из первых прорвалась Марина.

— Я смотрю, ты и не думаешь мне звонить. Рад, видно, без памяти, что освободился?

— А чего звонить, Мариша? Ты же сама сказала, что этот парень, Юра, кажется, уже у вас живет, что ты счастлива.

— Нет, не живет еще, — она вспылила, — но будет жить с сегодняшнего дня! Я еще надеялась, что ты одумаешься, образумишься, но вижу, что ты даже рад, что так получилось. За полмесяца первый раз твой голос слышу, да еще и сама первой инициативу проявляю. Ну так вот, я уже заявление на развод подала, тут надо расписаться в повестке. Но мне встречаться с тобой не хотелось бы: я тебе ее в почтовый ящик брошу, а ты мне потом таким же образом ее вернешь, заодно и ключи отдашь от квартиры.

Да, женская логика! Только совсем недавно виноватой себя чувствовала, каялась, а теперь сразу переменилась: он и никто другой, всему виной. Что ж, понять ее можно, она мысленно уже и к суду, и к любопытству окружающих готовится, одно дело – наедине с ним объясняться, а другое – перед знакомыми, чужими и близкими бить кулаком себя в грудь. Нет, все правильно, и он нисколько не возражает: конечно, пусть будет выглядеть так, что он во всем виноват, надо бы даже договориться, версию какую-нибудь согласовать. Ну, не бил, конечно, но изменял или пьянствовал, а можно даже и сказать, что не исполнял супружеские обязанности. Или вот еще – сексуальная несовместимость. Нужно что-нибудь, что сразу убедило бы.

Его так и тянуло постоять у окна, посмотреть, кто принесет повестку. Скорее всего, его счастливый соперник. Но потом это любопытство в Александре Дмитриевиче прошло. А может, она все придумала, и никакого Юры нет и в помине, а он, дурак, поверил, обиженным прикинулся, отступился? Да кто их, женщин этих, вообще разберет?

– Целую неделю не мог вам дозвониться, сейчас наконец каким-то чудом удалось. – Голос у Доньшина был очень обрадованный. – Уезжали, наверное, куда-нибудь?

– Да нет, не уезжал, – забормотал Крупейников сконфуженно, – так получилось просто, зашился.

Доньшин помялся.

— У вас, наверное, Александр Дмитриевич, создалось в прошлый раз впечатление, что я совсем уж безнадежный, законченный трус. Так, наверное, и есть, но я просьбу вашу все-таки выполнил, хотя и только наполовину. Человека я вам сыскал, какого вы просили, личность в наших кругах известная – Оленев, Илья, однако сможете ли вы у него узнать что-либо для вас интересное – тут я вам гарантий никаких дать не могу. Психика у него после гэбистских подвалов нарушена. Резковат, да и чудноват. К вам в квартиру, к примеру, пойти наотрез отказался, и так во всем. Если у вас есть все-таки желание с ним встретиться, мы вас тут в скверике будем ждать на лавочке. Скажем, через полчаса. Как, сможете выбраться, время найдется у вас?

— Конечно, — отозвался Крупейников, —

через полчаса так через полчаса. Но как-то не очень удобно беседовать в скверике-то, может, вы все-таки уговорите его подняться?

– Нет, его не уговоришь.

Собственно, ничего в этом человеке не было из ряда вон выходящего, диковинного. Разве что иногда при ходьбе как-то разом подавались друг к другу нога и верхняя часть туловища. Ну, может, еще какой-то очень отрешенный, то затухавший, то неожиданно вспыхивавший, взгляд. Оленев Илья Владимирович, "политпсих" со стажем, до сих пор на учете, под постоянным надзором соответствующих врачей.

– Да, я помню этого человека. Сталкивался с ним сначала в Ленинграде, затем в Казани. Мы даже общались. Впоследствии наши пути не пересекались. Вообще, затея пустая ваша. Какие следы вы хотите найти? Нужно иметь доступ к архивам, к историям болезни, а кто вам позволит? Ни до чего вы не докопаетесь, поверьте мне, так это во мрак и уйдет. Ну а сгинуть он где угодно мог. В Сычевке той же. Хотя не обязательно в Сычовке: в последнее время они совсем озверели, могли в любом заштатном городишке такое изобразить, что, если рассказать, волосы встанут дыбом! Так сказать, индивидуальный заказ. Если честно, у меня нет желания вообще разглагольствовать с вами на эту тему: главным образом оттого, что не пойму причины вашего к ней интереса. Чего вы хотите? Вот у этого бздуна, – Оленев недвусмысленно ткнул пальцем в сторону сидевшего в некотором отдалении, вроде как конспирировавшегося, Доньшина, – из-за которого я согласился на разговор с вами, друг все-таки, какие-то иллюзии еще остались, а у меня их уже год как нет. Он еще надеется, что о нас песни сложат, назовут в нашу честь улицы. А все будет как раз наоборот: в самом ближайшем времени нас буквально возненавидят именно те люди, во имя которых мы прошли через все муки ада, дабы избавить их от слепоты. И дело не столько в том, что вообще прозрение – страшная штука, дело в том, что никто им не даст долго оставаться зрячими, чем-нибудь глаза да запорошат. – Он помолчал, затем продолжил с горечью: – На днях в Америку улетаю, удалось все-таки добиться. Тут делать нечего. Считайте, что Россия погибла. Во всяком случае нам в ней по-человечески уже не пожить. Вы говорили о романе какого-то парня. Честно говоря, не понимаю, какие трудности могут быть по нашим временам с его изданием, сейчас ведь чего только не печатают, вплоть до откровеннейшей порнографии. Но если сложности имеются, для меня проблемой не станет рукопись в нужное место переправить. Не скрою, присутствует здесь даже некоторый личный, шкурный, интерес, все не с пустыми руками туда, за кордон, ехать.

– Рукописи нет, – тихо проговорил Крупейников, – ее выкрали. Вы немного опоздали.

Лицо Оленева передернула гримаса гнева, однако он попытался сдержать себя, презрительно усмехнулся:

– Все ясно. А был ли мальчик? Так, кажется, говорится? На что вы рассчитывали, любезнейший, вы и те, кто вас подослал? Что я куплюсь на пустышку? Провокацию мне решили устроить перед отъездом? Снова куда-нибудь засадить? Да я все ваши сексотские штучки наперед знаю.

Не то время сейчас! Не на того напали!

Он все больше распалялся, то и дело подаваясь вперед торсом, как бы порываясь подняться. Наконец резко развернулся в сторону испуганно следившего за их разговором Доньшина:

– Ну ты, урод, ты что, подставил меня? С ними заодно? Иди помоги, я же встать не могу! – Он вдруг расплакался от сознания своей беспомощности, затеребил, в попытках расстегнуть, ворот рубашки, конвульсивно дергаясь уже всем телом.

Доньшин, видя, что его друг близок к истерике, тут же подбежал к нему, принялся успокаивать, увещевать. Он не стал ничего объяснять Александру Дмитриевичу, просто жестами дал ему понять, что он сожалеет, что так получилось, но что он просит Крупейникова уйти.

Он увидел ее издалека. И по колясочке узнал, которую им повезло в "Детском мире" купить, и по походке. Все в нем дрогнуло внутри, похолодело. "Повесточку сама пришла вручить!". Она тоже его заметила, стояла дожидалась. И неожиданно, прямо на улице, никого не стесняясь, бросилась ему на шею.

Крупейников опешил. Но обнял Марину, перехватив другой рукой коляску.

– Прости меня, Саша, прости, – шептала она, пачкая ему рубашку тушью с ресниц. – Я просто как в затмении была, чуть все, все не испортила. Понимаешь, я как подумала, что ты больше не любишь меня, изменяешь мне, в такую ярость пришла, совсем голову потеряла…

Войдя в квартиру, она тут же высушила слезы, заулыбалась, даже стала что-то напевать.

– Я к тебе насовсем, если ты не возражаешь, – радостно объявила она ему. – Ты был прав, Сашечка, все дело действительно в родителях. Пусть нам будет трудно, хлопотно, но одни мы всегда во всем разберемся, всегда поймем друг друга. Главное, чтобы нам никто не мешал.

– Так-так, – покачал головой Крупейников, – а как же Юра, ты что, его выдумала?

– Да нет, Юра существует. Все так, как я рассказывала: и про любовь его и как мои родители к нему относятся. Просто я хотела попугать тебя, а чтобы уговорам поддаться – тут я тебе действительно наврала. Ну и дома у нас он не жил, конечно, и ничего у меня с ним не было и быть не могло. Я глупая, гадкая, злая, как видишь, но я просто очень тебя люблю.

Она снова повисла у него на шее, и тут

уж, слава Богу, никого не было, они целовались и целовались, не в силах насытиться друг другом. И летела во все стороны одежда...

И как будто расцвела его крохотная каморка. Тихая, благочинная, завертелась, как карусель. В ванной шумела вода, на плите что-то жарилось, а Мариша бегала то туда, то сюда, стараясь почаще попадаться Крупейникову на глаза. И все в ней выпирало, просвечивало, полыхали искорками взгляды, и кончалось все опять же тем, что они снова тянулись друг к другу, и тогда она таяла в его руках, растекаясь нежностью, лаской, раскаянием. И еще ей не терпелось все-все ему рассказать: и какая она "дура бестолковая", и как ей было страшно, вдруг он уже успел найти другую или к Зое этой распроклятой вернулся, и как было бы ужасно, если бы их действительно развели. И опять "дура", "дура набитая", "и вообще, Сашка, какие же мы с тобой дураки!"...

Они тут же перевезли что могли из вещей, пользуясь тем, что родители Марины были на работе. Ей не хотелось с ними встречаться самой, куда лучше объясниться по телефону, а уж у Крупейникова тем более не было желания когда-либо с ними видеться.

И она немедленно перевернула все вверх дном, все переставила в его квартире. И казалось уже, что живут они так давно в ней вместе, что трудно и представить, что что-то, когда-то могло здесь иначе быть.

Да, весь устоявшийся уклад его жизни рухнул в один день. Но как ни странно, то, что он отстаивал на квартире Машенькиных родителей с такой истовостью, сражаясь за каждую пядь, сейчас Крупейникова совсем не заботило. Все проблемы, породившиеся неожиданным переселением Марины, казались несущественными, легко разрешимыми.

Он работал где придется, урывками: то в читальном зале писал, то опять, примостясь на краешке стола на кухне, но как ни странно, больше успевал. И все другие проблемы так же быстро разрешались. Наверное, оттого, что перед их чувством они не стоили ни гроша.

Марина ничуть не переменилась, не собиралась вовсе под него подделываться, наоборот даже, почувствовав свободу от родителей, словно взбесилась. Их два мира так и не слились, они вращались рядом по совершенно разным орбитам. Нет, трещины, конечно, возникали, то и дело, на каждом шагу. Они даже ссорились, но тут же мирились. Что-то Крупейникова раздражало, что-то порой выводило его из себя, но нельзя было не признать, что в этой беспечной радости жизни было что-то и поучительное, во всяком случае, оглянувшись назад мысленно через полторы недели, Крупейников не поверил, что так мало времени прошло, раньше ведь дни пролетали в работе, монотонности, отлаженности, совершенно друг от друга неотличимые.

ГЛАВА ПЯТНАДЦАТАЯ

Призраки, страхи ночные. Почему мы так боимся, что все вернется? Почему не понимаем, что из страха этого как раз и может родиться новый урод? Почему не радуемся жизни, не живем мгновением? Что за дурь такая – русский характер, почему присущ нам такой максимализм? Если нет какой-то невероятной, абсолютной свободы (а ее и быть не может), значит, не надо свободы вообще. Если невозможно в мире счастье для всех, значит, не должно быть ни у кого его, счастья. Всех обездолим. Пусть все будут одинаково бедные, глупые, злые, раз не хватает всего на всех.

И он почувствовал, что нельзя ему так жить дальше, что нужно расстаться с прежней согбенностью, подняться наконец с колен.

Лев Аркадьевич задумчиво потеребил бородку и покачал головой:

— Значит, это для тебя не новость, Сашок? Я так сожалел, что в прошлый раз не поделился с тобой своими подозрениями, а они бы наверняка помогли бы тебе раньше прозреть. Я ведь уже тогда знал, кто он, Зоин жених. Поначалу не мог припомнить, а потом как озарило. Не ведаю, как сейчас, но раньше почти в каждом институте комнатка была такая для гэбистов, так они неприметно за студенчеством надзирали. Ну и я однажды увидел выходящего оттуда человека с характерным пристальным взглядом. У меня хорошая зрительная память, потом я его несколько раз примечал мелькавшим по институту. Чувствовал он себя среди наших студиозусов как рыба в воде — видимо, в прошлом был каким-нибудь комсомольским вожаком. Но не о том речь сейчас. Просто, когда он появился несколько месяцев тому назад в нашем доме, я грешным делом предположил, что чем-то сам перед знаменитой "конторой" провинился. Но сколько ни анализировал обстановку, концы с концами на мне так и не сходились. Тогда я подумал, что, может быть, Зоя влипла в какую-нибудь историю. Сейчас столько всяких партий и движений развелось, немудрено вмиг сделаться объектом пристального внимания "всевидящего недремлющего ока". И только когда я узнал, каким образом у тебя рукопись пропала, познакомился с записками этого молодого дарования, до меня дошло наконец. Твои выводы целиком сходятся с моими. Рукопись Родимцева с самого начала была лишь наживкой, но наживка эта была такова, что за ней смотреть надо было в оба. Всех нас троих они прекрасно знали по самиздату, а оттого проще пареной репы было вычислить, через кого ты попытаешься рукопись Родимцева размножить, и сели тут нам на хвост загодя, держа дело полностью под контролем. Самое интересное, кстати, что Игорь сей всерьез дочерью моей, а твоей бывшей женой, увлекся. У них ведь ребенок будет. Живуче злодейское семя, можно лишь удивляться. Ни с тобой, ни с кем не получалось, а тут, на пятом десятке прорвало бабу.

– Я знаю об этом.

– Знаешь? Откуда? – удивился тесть.

– Зоя сама мне рассказала. Похвалиться решила, что ли. Но вот о том, что ее жених гэбэшник, я, конечно, не знал.

Тесть не удержался, всплеснул руками:

– Нет, Сашка, рассуди сам, нарочно ведь не придумаешь. Я это племя бесовское ненавижу с младых ногтей, и тут на тебе, на старости лет подарочек. Ну зять – черт с ним, а как же я к внуку-то или внучке буду относиться?

– Но ребенок-то в чем виноват?

– Как в чем? Неужели ты думаешь, что он нам, деду и бабке, его доверит? Помяни мое слово, такой же сволочью, как он сам, его и воспитает.

– Ну а может, он все-таки уйдет, как только это его задание закончится? – пожал плечами Крупейников.

– Нет, куда уж уйдет, – вздохнул Лев Аркадьевич. – Они уже заявление в загс подали, причем жить у нас собираются, квартиру свою он бывшей жене оставляет. Веселые теперь мне предстоят денечки!

Они какое-то время помолчали. Наконец Усольцев спросил:

– И что же теперь? Как ты считаешь, они

теперь успокоятся?

– Да, – кивнул Крупейников, – дело близится к завершению. Она вчера мне позвонила.

– "Она"? – недоумевающе переспросил Лев Аркадьевич. – Кто "она"?

– Мать Родимцева.

– Значит...

– Она сказала, что нашлись кое-какие бумаги, оставшиеся после Костика, и она хочет мне их передать. Насколько я понимаю, это как раз то, ради чего была затеяна вся эта возня, то, что их давно уже интересует, но никак не давалось им в руки. Что там такого, для них важного, я понятия не имею, но могу предположить: предсмертные записки. То, что Родимцев последнее анохинское раскопал и его собственные комментарии к сим наброскам. А отсюда и вся эта белиберда, выглядевшая полнейшим бредом еще пару дней назад, теперь объяснилась в одночасье: через редакторскую шушеру (а там чуть ли не каждый второй сексот, как вам известно) мне подкинули аппетитнейшую наживку. Едва только я ее заглотал (а заглотал как миленький), уже из меня самого сделали живца, как, собственно, с самого начала, теперь я понимаю, и было задумано.

— И что же дальше?

— А что дальше? — криво усмехнулся Крупейников. — Или вы их не знаете? Едва только я от Родимцевой выйду, предъявят мне какую-нибудь красную книжечку и культурно-вежливо изымут искомое. И что я могу потом доказать с пустыми-то руками? Кто будет меня слушать? Просто дурачок попался на крючок, но мало ли в России дурачков?

— Значит, все-таки "контора"? Я был

прав?

— Да Бог их знает! Точнее, черт. Гэбэшники, ясно, настоящие или бывшие, не могу сказать, но на самою "контору" не похоже. После того, как их "железного человека" с постамента сверзили, они сидят там, в "лубяной избушке" своей, тише воды, ниже травы, не высовываются. Однако... "порвалась цепь великая", как классик сказал, причем в данном случае не просто порвалась, но в клочья разлетелась, и уж какая новая цепь из этих обезумевших, вышедших из-под контроля звеньев может составиться, трудно даже и представить себе. Иногда я думаю, Лев Аркадьевич, что те сцены из романа Родимцева – не такая уж и аллегория. Вот только никак не могу понять, чего они хотят, эти люди, каких целей добиваются? Прошлое-прежнее вернуть? Но это же невозможно. Нового, уже русского,

Гитлера произвести, либо вызвать заклинаниями своими из преисподней дух усатого кавказца? Так не бывает: коли мечты о мировом господстве в пух и прах разбиты, по всем правилам нужно отступить, зализать раны, переформировать войско, и только потом разворачивать знамена, а не лезть вот так в бой с голыми кулаками.

Усольцев горько усмехнулся.

– Эх, Сашка, Сашка, когда что-нибудь кажется слишком уж сложным или вообще даже совершенно невозможным для понимания, бери самый простой вариант, никогда не ошибешься. А самый простой вариант здесь – деньги. И не просто деньги, а умопомрачительные деньги. Перед такими деньжищами, поверь мне, никто и ничто не устоит. Сначала будут лозунги, благие намерения, будоражащие ум декларации, но все это лишь для того в итоге, чтобы поменьше васек обреталось у пирога. Однако нам-то что до них, мы им не конкуренты, мы все равно в их дележку не полезем. Что ты конкретно решил?

Выйдя из Государственного архива, они так и ходили кругами, то приближаясь к метро "Фрунзенская", то вновь отдаляясь, увлекшись разговором, со своими старомодными, туго набитыми портфелями производя по меньшей мере странное впечатление.

– А ничего не решил, – пожал плечами Александр Дмитриевич, – просто мной собирались воспользоваться с какими-то грязными целями. Будем считать, что у них ничего не получилось. Да, я хотел попытаться издать где-нибудь рукопись Родимцева, но нет ее, исчезла. Значит, нет отныне и никакого разговора о ней. То же и со вчерашним звонком. Никуда я не пойду, зачем мне безнадежным делом заниматься? Я вообще не играю в такие игры, где мне не оставляют ни одного шанса. – Он помолчал немного, а затем продолжил: – Но я даже благодарен всем этим событиям. Они многое расставили по местам в моей жизни. Больше всего мне помогли, конечно, Зоя и Марина. Долгое время мне казалось, что они слишком разрослись в моем воображении со своими требованиями сделать выбор в пользу кого-то одной из них. Но действительность показала, что я должен сделать совсем другой выбор. Обуянный гордыней, я пытался приписать себе то, что мне вовсе не свойственно. Мне слишком хотелось героизма, а у меня в жизни иное предназначение. Но вам ведь, наверное, не интересны эти мои самокопания, Лев Аркадьевич?

– Почему же неинтересны? – неожиданно

сухо ответил Усольцев, – Очень интересны! Только я их по-своему понимаю. Мы вообще сегодня много нового узнали друг о друге. Суть ведь проста, Сашок: ты сдался, отступил. Образно говоря, перед "превосходящими силами противника". Это я мягко обрисовываю, а можно поточнее выразиться: струсил, спасовал. Так?

Лицо Крупейникова вспыхнуло обидой, но он сдержался, терпеливо кивнул:

– Именно так. Именно струсил, именно спасовал. Хотя на самом деле и не спасовал и не струсил, Лев Аркадьевич. Вы очень верно выразились о превосходящих силах, но не пошли дальше в своих рассуждениях, а положение гораздо серьезнее: им, силам этим, некому противостоять; впервые после 1917-го им по-настоящему удалось прорвать оборону, нежданно-негаданно для себя в своей эйфории мы оказались глубоко в тылу врага.

Усольцев поморщился, устало переложил портфель из одной руки в другую.

— Кто "они", Саша? Коммунисты, жидомасоны, слуги дьявола, негласное мировое правительство? Эти сказочки я слушаю всю свою жизнь! Ты "ими" оправдаться хочешь? Собственные издержки, недостатки, зад голый прикрыть? Очень удобно, не спорю. Только ты не оригинален, на этих отсылах построен весь наш русский характер, все наше мировоззрение, больше того – вся русская история. Тебе вдруг показалось, что ты открыл что-то новое, а я по старинке мыслю: есть силы добра и есть силы зла, до тех пор, пока добро сильнее, мир держится. И, даст Бог, он будет держаться всегда. Ты мне лучше скажи – давай о конкретных людях, – неужели тебе не жаль Анохина, Родимцева, миллионов других людей, известных и безымянных, которые в борьбе за свободу жизни свои положили?

– Это разные вещи.

– Почему же разные? В твоих руках их честь. Что после человека на земле остается? Только честь его. До тех пор, пока живы их мысли, живы и они сами. Саша, я тебя не узнаю.

Крупейников угрюмо промолчал. Затем не выдержал, дал волю накатившемуся раздражению:

– Мы не поймем друг друга, Лев Аркадьевич. Из моих слов вовсе не следует, что я стану теперь ловчилой, трусом… Совсем наоборот. Грядут испытания, в которых, чтобы выстоять, нужно быть вдесятеро противу прежнего гибче, увереннее, злее. Да, здесь бесовское отродье победило, оказалось сильнее, но это не последний наш бой с ним, придет и наше время. Мысль... что ж, мысль важна, не спорю, мысль главное, но мысли двух человек Россию не спасут. Все дело как раз в том, что нет пока вообще таких, глобальных, "спасительных" мыслей.

Усольцев снял очки, задумчиво потер пальцами переносицу.

— Саша, ты противоречишь себе. С одной стороны, ты полон истовости вернуть русской мысли какие-то мельчайшие ее крупинки, жизнь, по сути, на это кладешь, а в реалии, когда до дела доходит, что же, поступаешь наоборот? "Грядут испытания", "вдесятеро противу прежнего гибче"... Да есть ли больше испытания, чем те, что выпали на нашу долю? И что, мы сломались, в норе отсиживались? Я тебе не буду приводить много примеров, возьму хотя бы тезку твоего, Сашу Зимина, которым ты буквально бредишь в последнее время, я ведь его хорошо знал. Все, казалось бы, совсем замордовали человека, а он, освободившись после лагерей сталинских, выпускает толстенный том, равного которому до сих пор по своему направлению нету. Не сомневаюсь, что ты не просто читал его, а даже затер до дыр. Но название, тут много в названии, проникся ли ты им? Ведь ни мало ни много, а: "Иван Пересветов и его современники". Что, до сих пор не дотумкал? Нет, еще поразмысли, пошевели, пошевели извилинами. — Усольцев неожиданно захихикал: — Это ведь тебе не сейчас, а после культа сразу, надо же такое отмочить: Иван Грозный как современник какого-то там Ивана Пересветова! А? Что скажешь? Ты решился бы на такое? — Он махнул рукой в отчаянии: — Ладно, мы ничего не докажем, как я чувствую, друг другу. Ты переменился, мне поздно меняться. Тебе нельзя в это дело лезть: жена молодая, ребенок маленький, не беда – я готов сделать все за тебя. У меня есть план. От тебя потребуется совсем немногое: просто мне подыграть. Мы обманем их, Сашок, мы вполне в состоянии это сделать. Ты явишься к Родимцевой, как вы и договаривались, но рукопись забирать не станешь, уйдешь с пустыми руками, точнее, со своим портфелем, с которым ты никогда не расстаешься. Я сомневаюсь, чтобы они с книжечкой, о которой ты говоришь, встретили тебя сразу за дверью квартиры Любови Федоровны, некоторое время они, скорее всего, последят за тобой. Но уж наверняка снимут за Родимцевой наблюдение. Через пять минут в эту квартиру зайду я, заберу рукопись и передам ее в надежные руки. Конечно, они быстро меня вычислят, но на мне круг замкнется, из меня они ничего не вытянут. Во всяком случае я протяну время, а там ищи ветра в поле.

Крупейников скептически повел плечами:

— Сомневаюсь, что из этого может что-нибудь получиться. Тут вообще полно несостыковок, подозрительной несуразицы. Я не могу понять, к примеру, почему бы им просто не учинить обыск в квартире Родимцевой и без особого труда тем добиться своего, к чему такой огород городить?

— Ты не знаешь, что это за старушка, Саша. По твоим рассказам она выглядит этакой божьей коровкой; может быть, она и действительно такой стала. Возраст, поток информации, в настоящее время прорвавшийся, трагическая судьба, травля, а затем и гибель сына на кого хочешь могут повлиять. Но, Москва – город маленький, еще совсем недавно, лет десять назад, я курировал кандидатскую одного из моих учеников, посвященную редкой теме, неожиданно ставшей актуальной в последнее время: "Установление советской власти на Северном Кавказе". Конечно, там все было прилизано, с ног на голову перевернуто, а попросту говоря – извращено, но можешь ли ты представить себе такую ситуацию, чтобы десять человек, посланных сейчас, скажем, в какой-нибудь район Нагорного Карабаха, за пару месяцев решили бы на несколько десятков лет вперед все тамошние проблемы? А вот бабушка Кости Родимцева и ее товарищи смогли. Причем в Чечне, а не в Нагорном Карабахе. Дневники, фотографии, письма до сих пор, наверное, сохранились. Во всяком случае кандидатская та во многом на них строилась, и я все их видел, читал. Надо сказать, что дочка многое от мамы унаследовала: в войну в семнадцатилетнем возрасте была направлена в разведшколу, неоднократно засылалась в тыл врага, награждена орденами, медалями. Так что гэбисты твои прекрасно знали, строя свои грязные игры, с кем они имеют дело, голыми руками такого человека не возьмешь. Ты – другое дело, тебе ничего такого испытать не довелось, по книжкам разве что только знаешь, как раньше сталь закалялась.

– Хорошо, – кивнул Крупейников после некоторого раздумья, – но их это потом не остановит. Думаете, они не выбьют из нее признание, кто на самом деле взял рукопись?

Лев Аркадьевич с досадой отмахнулся.

– Я уже говорил тебе: потом будет потом. Ну что они, и в самом деле пытать нас, что ли будут? Не то время. Нас трое. С Зоей даже четверо. Тем более, что дочь, хоть ты и не хотел, а заявление в милицию все-таки накатала. Ну повисят на хвосте, поинтригуют, нашпигуют квартиры нам подслушками, если уже этого не сделали, но в конце концов отступятся. А рукопись к тому времени будет далеко.

– Да, – скептически усмехнулся Александр Дмитриевич, – как это романтически, даже романически выглядит: два хлюпика-интеллигентика против брызжущей слюной своры крутых псов-профессионалов. Можно хоть завтра кино снимать.

Усольцев вспыхнул, замолчал обиженно, затем взял себя в руки, терпеливо продолжил разговор:

– Ладно, не подходит этот, предлагаю другой вариант. Все дело во мне, как я понял, и не оттого, что ты за меня беспокоишься, просто в этой цепочке я кажусь тебе ненадежным звеном. Что ж, пусть будет по-твоему: мое участие исключается, наоборот, я буду все это время где-нибудь усиленно глаза мозолить, создавать себе алиби. Ты приходишь к Родимцевой, ведешь с ней какие-то общие разговоры, (помни о подслушках!), просматривая материалы, которые она тебе даст. Часть (несущественное) забираешь с собой, важное прячешь на лестничной клетке — за батареей центрального отопления или возле мусоропровода. Есть там мусоропровод?

Крупейников угрюмо кивнул.

— Очень хорошо, — обрадовался Лев Аркадьевич. — Как только филеры-топтуны устремятся за тобою, в подъезд входит мой человек, ну а дальше я уже не буду ничего тебе объяснять. Догадываться ты можешь, ну а знать конкретно тебе совершенно не обязательно. Мы еще поборемся, Саша, поборемся. Неужто сдаваться без боя этим сволочам?

Крупейников промолчал.

ГЛАВА ШЕСТНАДЦАТАЯ

Что гадать, что терзаться сомнениями? Главное – быть честным перед самим собой, ибо в этом как раз высшая честность и заключается. Никого не корча из себя исключительного, не пыжась, не гордичая. Но и не поддаваться унынию – которое Нил Сорский считал главным грехом человеческим, – а уж тем паче отчаянию. Просто делать свое дело. Методично, упорно, не отвлекаясь на пустопорожние споры, мелкие склочные разговорчики, интрижки. Пусть их! И верить: рано или поздно поймут люди, спохватятся, как бы далеко в своих заблуждениях ни ушли. Неизбежно вернутся, склонятся в жажде духовной. И тогда упадут маски со свирепого лица идола. Упадут, упадут, упадут. И никто не захочет уже дальше как прежде жить...

Крупейников испытал неимоверное облегчение. Как-то разом разрешились все его жизненные и духовные затруднения. Книга его близка к выходу, работа над новой в полном разгаре, заключен под нее договор. Они теперь вместе с Маришей, неразлучные до самой смерти. "Любовь до гроба, дураки оба"... Действительно, какие они были дураки, что вот так запросто чуть не потеряли друг друга! Опасные интриги, загадочные рукописи, страхи, судорожные попытки выкарабкаться – и это все позади, слава Богу.

Крупейников вдруг, неожиданно для себя, свернул в сторону от метро. Почему бы и не попраздновать чуть-чуть сегодня лентяя? Он бесцельно слонялся по улице, затем вдруг поехал к Чистым прудам, долго любовался там невесть откуда взявшимися черными лебедями. Затем прошелся до павильона кулинарии от ресторана "Узбекистан", с мыслями повезет или не повезет ему купить хороший торт. Повезло, в этот день ему все удавалось. Ну а дальше путь сам собой напрашивался: на Центральный рынок за цветами. Он вспомнил, как часто бродили они с Маришей здесь, в районе Трубной площади проходными дворами в бесконечной череде переулков в тот период, по выражению Машеньки, "когда он охмурял ее", в период его жениховства. И ее любимые цветы – ирисы. Вдруг повезет, и цветы такие тоже отыщутся. А затем, проходя мимо кинотеатра "Мир", не удержался и от последнего безрассудного шага: купил два билета на французскую кинокомедию с Пьером Ришаром. Гулять так гулять! Да и вообще – пора мириться. С тещей, тестем и иже с ними. Ведь не убудет его — выпить в семейном застолье, песни попеть, даже и под баян сплясать, семья есть семья, нельзя же вот так бирюком укрываться все время. А тут и предлог хороший: пусть дед и бабушка с Сашенькой вечер посидят, ну и Мариша немного передохнет, отвлечется. Пора, брат, пора! Ну а не получится, откажут, так это уже их блажь и беда, он с легким сердцем может сказать себе, что сделал все, что мог.

Ирисы нашлись, слава Богу. Опять везение!

— А вот и хозяин, легок на помине!

Крупейников остановился в дверях, растерянно глядя на учиненный в его квартире погром.

— Что, не ожидали нас здесь увидеть? — усмехнулся Игорь Петрович. Он попыхивал сигаретой, небрежно развалясь в кресле.

– Как вы вошли сюда? – гневно спросил Александр Дмитриевич. – И по какому, собственно, праву? Я просил бы вас объяснить!

Доньшин несколько мгновений молча разглядывал Крупейникова, словно какого-то экзотического зверька, а затем широко улыбнулся:

– Что это вы, Александр Дмитриевич, неужто не узнали меня? Это же я, Игорь Петрович.

Крупейников холодно кивнул:

– Как я понимаю, вы не только мой недавний визитер, Сексот Сексотович Сексотов, друг всея Руси диссидентов, но еще и таинственный Зоин жених, и стало быть, нечего и удивляться тому, как легко вы проникли в мою квартиру.

Доньшин мало походил на того тихого, вежливого, забитого, постоянно озиравшегося по сторонам человека, который отрекомендовался в прошлый раз другом Родимцева.

– Вы догадливы! Но я бы и с отмычкой, без дубликата ключа, легко к вам сюда пробрался. Ну а насчет "диссидентов всея Руси", так вы даже и не подозреваете, многоуважаемый Александр Дмитриевич, насколько вы попали в точку.

Крупейников вдруг почувствовал, как кто-то сзади выдергивает у него из рук портфель, и не успел удержать его. Он резко обернулся и увидел перед собой другого своего "знакомого", Илью Оленева. Тот бесцеремонно отстранил Крупейникова в сторону, прошел к столу и вытряхнул на него содержимое портфеля.

– Порядок! Можно звонить.

Доньшин поднялся, не спеша подошел к напарнику, пальцем растолкал лежавшие бумаги в стороны. Затем пролистал пару тетрадок, вернулся в кресло и снова затянулся сигаретой.

– Что, мне самому? – недоумевающе посмотрел на него Оленев. Взгляд его был внимателен, сосредоточен, в нем не было и следа той прежней отрешенности.

– Чему радуешься? – оборвал его Доньшин. Лишь подрагивавшие пальцы выдавали его волнение. – Прокол! Ох...й прокол! Я даже не знаю, что с нами теперь будет.

– Не понимаю, – мотнул головой Оленев. – Какой прокол? Ведь все на месте!

– Нет там ничего! – Доньшин затушил сигарету и повернулся к Крупейникову, стараясь говорить с предельной сдержанностью: – Где материалы, которые вам передала Родимцева, Александр Дмитриевич? Полностью, все. Они нам очень нужны. Будет лучше, если вы сами подскажете, где их найти.

Крупейников помолчал, затем решил сделать вид, что все-таки не понимает, о чем идет речь.

– Какие материалы? Если вы рукописи ищете, которые мне передал человек, в записке отрекомендовавшийся Константином Родимцевым, то их выкрали, когда они находились в квартире моей бывшей жены. Я так понял, что это было ваших рук дело, а оттого особо и не отчаивался. Ведь руки-то верные, надежные? А главное – чистые!

– Ну насчет рук – за комплимент спасибо, – холодно ответил Доньшин. – Однако не прикидывайтесь дурачком, Александр Дмитриевич, вам такое совсем не идет. Вы прекрасно знаете, о чем я спрашиваю, зачем же ерничать? – Видя, что Крупейников не собирается ему отвечать, он повернулся к Оленеву. – Как там ребята из "наружки", еще не ушли?

– Нет, возле лифта стоят, прикрывают нас, – нехотя отозвался тот, – а что, ты считаешь, их надо отпустить?

– Нет пока. Просто нужна запись его разговора, – он кивнул в сторону Крупейникова, – с этой старой перечницей.

Все время отсутствия своего напарника, Доньшин хмуро молчал, лишь иногда искоса на Крупейникова поглядывая. Только тогда оживился, когда кассета вошла в маленький черный зев диктофона. Он долго слушал сосредоточенно расшаркивания Александра Дмитриевича, разговоры о погоде, затем дал знак своему приятелю:

– Вот здесь самое важное место. Назад немного отмотай.

Крупейников услышал слабый, немного

дребезжащий голос Любови Федоровны:

— Не знаю, что там может быть, не заглядывала. Но наверняка последнее, что от Кости осталось, – это хранились у женщины, которую он любил. – Любовь Федоровна замялась, потом продолжила: – Мне она никогда не нравилась. И дело даже не в том, что Костя любил замужнюю женщину гораздо старше его возрастом, а просто пустая она, вздорная, одно на уме... Но что поделаешь, вероятно, права народная мудрость насчет того, что любовь зла. – Она помолчала, затем спохватилась: – Ну да ладно, что я в самом деле... Одним словом, развелась она с прежним мужем, тут же нашла ему замену, куда-то собралась уезжать. Стала разбираться со своими вещами, вот и наткнулась на тетради эти. Она о них совершенно забыла, лежали они себе и лежали. Я так думаю, что сначала она хотела их выбросить, но потом все же совесть пробудилась, вот и принесла их мне.

Любовь Федоровна, видимо, ждала, что Крупейников как-то поддержит разговор, но тот угрюмо молчал. И тогда, вздохнув, она продолжила:

— Не буду скрывать, тетради эти несколько месяцев как у меня, точнее — хранились у одной моей хорошей знакомой. А вот взяла их, и какую ночь уже покоя нет. Но я не хочу в них заглядывать. Наверное, здесь можно найти объяснение, почему Костя погиб, однако будет лучше, чтобы для меня все осталось по-прежнему. Может, вы меня осудите за это, но для меня одно только важно — то, что его нет больше в живых. Он не мог сделать ничего плохого, я знаю. И, по всей вероятности, не мог поступить иначе. Вы видите, не мне о таких вещах рассуждать.

Крупейников не мог говорить, в горле у

него пересохло. Затем выдавил:

— Огромное вам спасибо, Любовь Федоровна. Извините, что я такой растерянный, просто никак не ожидал такого, совершенно ошеломлен.

Родимцева понимающе улыбнулась:

— Вы мне как-то сразу понравились, еще в первый ваш приход. Но я все равно долго колебалась... Теперь, мне кажется, я наконец могу быть спокойна.

— Ну так что? — устало потер виски Доньшин. — Убедил я тебя, сука? Где, когда, кому ты передал материалы? Говори! Мы тебя недооценили, я понимаю, сами виноваты, но теперь ты не выкрутишься. Тебя четыре человека пасли, с ног сбились, пока ты по Трубной козлом скакал, но ты всех провел. Орел, ничего не скажешь! Подпольщик траханный! Фильмов насмотрелся, книг начитался? Ты с кем в кошки-мышки взялся играть? Молчишь? Ну ты помолчишь у меня!

Крупейников даже и не понял, откуда последовал удар. Просто через секунду увидел вдруг себя на полу. В голове тут же начал растекаться тошнотворный туман.

Дальше Оленев бил его ногами, лишь изредка приподнимал, как тряпичную куклу и совал, куда попало, кулак. Александр Дмитриевич уже не слушал обращенных к нему вопросов, ему было безразлично, о чем его спрашивали, он все равно ни на один вопрос не собирался отвечать. Наконец Доньшин с брезгливой гримасой остановил Оленева.

— Ладно, отдохни. Пора звонить, ничего не поделаешь.

Он подошел к телефону, став по привычке так, чтобы нельзя было со стороны подсмотреть, какой номер он набирает. На другом конце провода трубку подняли тотчас же – звонка, как видно, давно ждали.

– Не знаю, никак не могу разобраться, – докладывал Игорь Петрович, вытянувшись в струнку, – вроде все на месте, и в то же время ничего нет. Так, чепуха, много личного – всякие сопли-вопли, доходит до Берхино и обрывается... Вели? Плотно – мухе не проскочить. Каким-то образом перекинул, но где, когда? Мистика, одним словом. Да, я тоже в мистику не верю, но... не могу объяснить. Соображения? Ну какие соображения – отследим по цепочке, найдем, дело несложное, но, думаю, не понадобится – сам скажет, куда он денется?.. Нет, пока молчит. Я понимаю, что может быть поздно потом, но здесь не с руки... Это как раз и есть мои соображения. Заберем с собой, накачаем психотропами, пропустим через детектор.

отозвался Крупейников, понимая, что надо хоть что-то говорить, дальше нельзя было молчать.

– Ага! – изумился Оленев. – Шутишь. Это ты так шутишь? Смотри-ка, это он так шутит! Думаешь, мы тоже шутники?

Он резко ткнул Крупейникова двумя пальцами под кадык. Александр Дмитриевич дернулся, замер, на какое-то время потеряв сознание. Когда туман у него в глазах рассеялся, прямо перед собой он увидел радостное лицо Оленева.

– Это я так, слегка только! Тоже шучу! Ну так как, говорить будешь, клоун? С цветами, с тортом приперся, щерился как параша, даром что мимо цирка проходил! Говорить будешь, я спрашиваю? Может быть, спрашиваю в последний раз! Не можешь говорить, не хочешь говорить, Бог с тобой, ты только кивни, моргни, мне вполне будет достаточно. Есть только один момент, когда ты мог нас облапошить: оставил папку в подъезде, правильно я соображаю? Мы сняли наружку, кретины... дальше можно не продолжать. Итак, повнимательнее, один-единственный вопрос, но от него все зависит: кто тот человек, с которым ты разработал всю эту операцию? Кто зашел потом после тебя в подъезд и забрал папку? Ну, говори!

Крупейников молчал, он закрыл глаза и попытался выключиться сознанием, смотреть на происходящее как бы со стороны.

– Ладно, давай по делу, – вздохнул Оленев, вновь подсев к Александру Дмитриевичу поближе. – Мы не скоты и не звери, ты зря так думаешь о нас. Я только что звонил начальству, ты слышал, и даю тебе слово офицера, русского офицера, это для кого-то там я без чести без совести подлец-гэбэшник, а для нас честное слово не пустой звук. Ну так вот, я даю тебе слово, клятвенно обещаю, что, если ты сейчас все расскажешь, мы тебе и твоему подельнику оставим жизнь, пальцем больше вас не тронем, испаримся из вашей памяти как страшный сон. Ты и так нам помог, надо знать меру. Подумай, подраскинь мозгами: на одной чаше какая-то жалкая стопка бумаги — задницу подтереть впору, а на другой — твоя жизнь.

Крупейников вновь промолчал. Оленев посмотрел на него долгим взглядом, затем пожал плечами.

— Ладно! — Он многозначительно посмотрел на Доньшина и кивнул ему.

Тот мгновенно уловил, что от него требуется, взял со стола фотографию в рамке и нагнулся к Крупейникову, подтянув брюки, стараясь не запачкаться кровью. Сунул ему под нос портрет жены, улыбающейся, прижавшей к груди крохотное тельце Сашеньки.

— Они должны вернуться сейчас, ты хорошо знаешь, — стал он втолковывать Александру Дмитриевичу настойчиво, тщательно выговаривая каждое слово. — У тебя есть еще время — пять или десять минут. Когда они войдут, будет поздно. И учти, что мы будем их пытать на твоих глазах, рты позаклеиваем — никто не услышит. Ты понимаешь меня? Мы ведь не шутим. Нам не перед кем отчитываться, это ты, надеюсь, тоже понял уже? Это ведь не раньше, когда чуть тронь дерьмо какое, вонь сразу на весь мир разносилась. Сейчас такие, как ты никому не нужны и не интересны, одним пальцем можно размазать по стене и тебя и весь твой выводок и никто не встрепенется.

Ну, говори!

Крупейников представил себе, как открывается дверь и входит Марина, раскрасневшаяся, счастливая, толкая перед собой коляску... Этого было ему достаточно, дальше он ничего не хотел себе представлять. Теперь надо быть внимательнее, как можно внимательнее. Таким внимательным, точным, доскональным, каким он не был никогда в своей жизни. Малейший неверный шаг, дрогнувший голос, неправильно истолкованное слово могут все погубить. На карту поставлено слишком много. Он кивнул. Попытался встать, но тут же снова уткнулся лицом в пол.

– Да, я знаю, вы вполне можете... но не делайте этого, – проговорил он наконец заплетающимся языком. – Они ведь все равно ни при чем. Я все скажу... Но какие у меня могут быть гарантии, что вы меня не обманете? Я все расскажу, а дальше?

– Дальше? – пожал плечами Доньшин. – Дальше живи себе. Кто ты сам? Мошка. Сам ты для нас интереса не представляешь. Просто в какой-то момент, как я тебе уже говорил, ты запаниковал, неправильно повел себя. Но ты будешь молчать. Не из-за себя даже, из-за своих близких. Я сам бы так поступил на твоем месте. Своей жизнью ты еще мог бы как заблагорассудится распорядиться, но жена, дочь... на такое и зверь не способен, тут же бросился бы на их защиту.

– Да, вы правы, – со слезами на глазах проговорил Крупейников. Он попытался их вытереть, но перемазался весь кровью. – Но я вам не верю. Вы обманете меня.

– Придется поверить, – Доньшин улыбнулся, покачал головою. – Какие еще могут быть гарантии? Повторяю еще раз: ты нам не нужен, вы нам не нужны. И поторопись, поторопись, ради Бога, "Санек", в твоем распоряжении очень мало времени, потом все, все гораздо усложнится. За твое молчание я еще могу поручиться, но женщины, Бог мой, они ведь такие дуры! Взять, к примеру, Зою с ее заявлением. Милицию, видите ли, на помощь позвала. Караул! Неумно, очень неумно. А уж у Марины твоей ума вообще никогда не было. Итак?

Крупейников набрал побольше воздуха в легкие и кивнул:

— Да, все было, как вы сказали, папку я оставил в нише у лифта. Тот человек, что должен был забрать ее, записывайте его адрес... — Он продиктовал слабым голосом несуществующие координаты. — Кроме того, чтобы вы были полностью уверены, что я действительно чистосердечен, там на кухне вы найдете еще кое-что для вас интересное. – Он подумал, что бы ему еще соврать поправдоподобнее, но сказал первое, что пришло в голову. – Есть еще одна копия рукописей Родимцева, о которой вы не знаете. Я сам ее отпечатал. Там, под холодильником, нужно снять две плитки паркета. Только пощадите... их и меня... Я буду молчать, никто никогда не узнает, обещаю вам, только не трогайте!

Он всхлипнул и, вновь уткнувшись носом в пол, обмяк, замер.

Доньшин и Оленев радостно переглянулись и опрометью бросились – оба! – на кухню. Прокол, еще один их прокол! Крупейников приподнял голову и посмотрел на расплывавшуюся в тумане балконную дверь.

Ему очень тяжело дались эти метры, подтягиваться, ползти пришлось на руках, ноги совсем не слушались. И все-таки главное усилие нужно было приберечь напоследок. Уже слыша голоса в комнате, он рванулся в пустоту.

– Сволочь! Ну, сволочь! Обманул нас! – заорал в ярости Оленев. – Давай скорее вниз, может, он еще жив, затолкаем его в машину!

– Да ты что, четырнадцатый этаж! Там же месиво! – осадил его Доньшин. – Уходим! Быстро! Он упал на ту сторону, у подъезда пока никого нет. В случае чего затеряемся в толпе...

КАК СТАТЬ ПОЛКОВНИКОМ

Рецепт моей молодости

Автобиографическое эссе

Писать я начал рано, в пятнадцать лет.

Первые мои устремления были связаны с кино, которое я любил самозабвенно. В принципе, я мог бы легко реализовать свое намерение: трижды проходил творческие конкурсы во ВГИК, но на экзамены не являлся. Да и потом, после получения высшего образования, можно было поступить на Высшие режиссерские или сценарные курсы. Но я быстро понял, что коллективное творчество в условиях тоталитарного строя не оставляло мне ни единого шанса хоть как-то выразить свою творческую индивидуальность.

В литературу я пришел из журналистики. Писал статейки, заметки в местную газету, легко овладел там всеми жанрами. Здесь же появились и мои первые рассказы. Однако вслед за рассказами пошли повести, романы, и тут начались трудности.

Зачем я вообще выбрал для себя в жизни подобный путь? Что меня подвигло?

Жажда денег? Не думаю. Деньги, в смысле — большие деньги, никогда не представляли для меня интереса.

Что еще? Вожделение, успех у женщин? Каюсь, был грех. Но ведь когда я разобрался, что вопрос здесь не в количестве, а в качестве, в том, что двух-трех женщин для мужчины более чем достаточно для того, чтобы они заменили ему всех остальных, и что самое сложное — я нашел таких женщин, я ведь писать не бросил, значит, дело было в другом?

Тогда в чем же? Тщеславие? Непомерные амбиции? Ерунда! Я давно уже самодостаточен, как личность.

Просто, скорее всего, мне нужна была какая-то совершенно неподъемная, необъятная цель, которая заняла бы все мое время, поглотила всю энергию, оккупировала бы весь мой интеллект. Какие цели подобного масштаба мог человек позволить себе еще при социализме?

(Здесь и далее курсивом выделены цитаты из автобиографической книги Николая Бредихина "Исповедь одиночки", за исключением случаев, где источник указан явно. - Прим. редактора)

Диктатура пролетариата, она же

диктатура насилия, зла, глупости, посредственности, подлости, пошлости – продолжать можно до бесконечности, предоставляла человеку, вооруженному умом и настоящими знаниями, возможности, которые ему не в состоянии были предоставить (да и до сих пор так) ни один другой строй, ни одна хваленая демократия, ни одна другая страна в мире. Твое низкое происхождение, где еще оно могло быть не минусом, и даже не плюсом, а козырем? А чтобы помочь тебе, людей высокого происхождения просто повырезали. Любые недостатки являлись здесь, наоборот, достоинствами, ну а действительно достойных гноили, расстреливали, любыми способами устраняли, опять же, чтобы тебе было легче чего-то достигать. Лишь бы ты хотел достигать, а тогда уж от тебя требовалось только одно: играть по правилам, ну а главное правило – оно и сейчас, да, наверное, и на все времена одинаково: лизать задницу вышестоящему и получать удовольствие от того, что снизу ее лижут тебе.

И все-таки истинная причина, скорее всего, была в другом: талантов, способностей у меня было великое множество, но уникален я был лишь в одном. И было бы глупо противиться, не последовать своему дару. Да Бог и не дал бы мне это сделать. Зачем-то ведь он меня этим "подарочком" наградил?

Когда-то давно, полвека назад, повесил мне Бог крест литературный на шею и предупредил, строго погрозив пальчиком: "Снимешь – умрешь!". Умирать не хотелось, и сейчас не хочется.

Постепенно попривык я к своей ноше, ничего другого не могу делать: не умею, да и не хочу.

Любовь к книгам не соперничала во мне с любовью к кино, просто соседствовала. Читал я запоем, но выборочно. Советскую литературу, за исключением Булгакова, Зощенко, Бабеля и еще пары-тройки имен вообще отрицал.

Однако вернемся к основной теме нашего разговора. Довольно быстро я написал два романа: "Жизнь прожить – не поле перейти" о судьбе моей матери и "Путь к Олимпу" – уже о собственной участи. Гордый своим успехом отправился с этой дилогией по редакциям и издательствам, но ничего нового меня там не ожидало. Та же участь, которая неизменно постигала все другие мои произведения.

Естественно, правда никому была не интересна, к деревенской жизни тогда вообще было восторженное отношение ("Кубанские казаки", "Свадьба с приданым", "Поднятая целина"). Существовало даже такое направление в советской литературе, называлось "деревенская проза". Когда я заглядывал в произведения этих "писателей-деревенщиков", у меня создавалось впечатление, что пишут они про каких-то инопланетян. Детство мое было тесно связано с послевоенной деревней, мне ли было ее не знать?

Немного о себе... Родился, крестился. Отец хотел выбрать имечко помудренее, но рождение мое пришлось на Николу, поп и уперся. Спасибо попу. Был бы я иначе сейчас каким-нибудь Альбертом или Эдуардом.

Такая вот мудрена Матрена!

Тамбовщина – благодатный край. Ноги босые отмыть добела никогда не удавалось – чернозем. В войну спасала кукуруза – на нее таких жестких разнарядок не было, а вызревала как на дрожжах.

Дед был из середняков. Батраков не нанимали, детей без счета, работать было кому. Естественно, раскулачили. Рабочие руки превратились в лишние рты.

Работа в колхозе ничего не давала, кормились с огорода, лес, река еще выручали, главным образом домашний скот.

Пришла война.. У деда было слабое сердце, к строевой он был непригоден, но председатель сельсовета нашел таки возможность свести с ним давние завистнические счеты: послал на трудовой фронт, там он и канул, не числился больше ни среди мертвых, ни среди живых.

Отца контузило, дали ему инвалидскую группу. Не знаю, что свело первую на селе красавицу с голью перекатной, да еще инвалидом, но двоих детей пустили на свет (меня и младшего брата), с тем и расстались.

Крепостное право с приходом советской власти не просто вернулось, а расцвело пышным цветом в деревне, вырваться из колхозного рабства было практически невозможно. Разве что на учебу или... в тюрьму. После войны положение резко изменилось: везде требовались рабочие руки. Зачастили вербовщики. Мать не стала долго раздумывать. Во многих местах перебывала, но осела в Подмосковье, в старинной Коломне.

Естественно, безотцовщина – кто ж с двумя детьми в такое время женщину, пусть даже красавицу, замуж возьмет?

Естественно, скитания по частным квартирам. Но кое-как выкарабкались.

Да Бог с ним, с тем временем, ничего не нахожу в нем интересного.

О молодежной тематике и говорить не приходилось. Даже сравнительно невинные аксеновские вещи с трудом пробивались, что говорить о той молодежи, которую описывал я: как нас били дубинками за то, что мы твист кадрили предпочитали, битлз кобзонам. Да и вообще довольно жестко учили жить.

Однако формально мне отказывали вроде как из-за недостаточного профессионализма. Что ж, профессионализм – дело наживное. Сжег дилогию, замахнулся на новый роман. Назывался он "Товарищ Достоевский" и идея в нем была проста, как апельсин: доказать, что если бы Федору Михайловичу довелось творить в нашем социалистическом раю, его бы просто не напечатали.

Доказать удалось, и очень убедительно, в том числе и профессионально, однако соваться с такой вещью в издательства было все равно, что просить политического убежища в Мордовии.

Встал вопрос: либо переправить этот роман за рубеж, либо срочно его уничтожить. Поразмыслив, я понял, что быть одновременно диссидентом и писателем невозможно, нужно выбирать что-то одно. Жизнь впоследствии показала, что я был прав. Лишь очень немногим подобное удалось. Милан Кундера, Александр Солженицын... они уезжали уже известными, сложившимися литераторами с огромным творческим и жизненным багажом. Кто был я в сравнении с ними? Да и не хотелось мне Россиюшку покидать.

Итак, выбор был сделан, еще одна рукопись полетела в костер.

Гоголь на вопрос, откуда он черпает богатство своего языка, ответил: "Из дыма. Пишу и сжигаю, что написал. И пишу снова".

(Я. Парандовский)

Я вновь начал писать рассказы, оттачивая, полируя до блеска стиль. Сменились и темы, основной среди них стала любовь, да и вообще ценности вечные. Но и это не помогло. Занимался в литературных объединениях у маститых мастеров, какое-то (очень короткое) время был членом секции молодых литераторов при Союзе писателей СССР. Но все было без толку. Альтернативы не было: либо пиши "заказуху", либо сиди и не высовывайся в своей драной Коломне.

Пришла Перестройка, появилась возможность издаться в серии "Первая книга писателя" в "Молодой гвардии", а за счет автора еще и в "Книге". Но черного кобеля не отмоешь добела. Перед самым изданием обе книги рассыпали.

Вот тогда-то и появился замысел "Полковника".

Я никогда не был пай-мальчиком, в милицию меня таскали с товарищами за твист с танцулек постоянно, "учили" дубинками, в "конторе" приводы были посерьезнее. Мой школьный товарищ, который вроде бы пошел учиться на дипломата, а вынырнул нежданно-негаданно в Высшей школе КГБ, оповестил меня как-то, широко округлив глаза: на тебя "там" та-а-кое досье! "Болезненный интерес ко всему иностранному" и прочее, прочее. Я лишь усмехнулся. Дурак был по молодости.

Но скольким таким "дуракам" судьбы поломали, через тюрьмы, психушки провели. Провинция — не Москва и не Петербург, здесь вольнодумцев ломали, гноили, стирали в порошок совсем по-другому: тихо, изощренно, не оставляя им ни единого шанса на спасение. Подобных страшных судеб я немало в свое время повидал.

Как-то я оказался в подвале одного ничем не примечательного с виду двухэтажного домика, и у меня хватило наивности поинтересоваться: "А почему полы из "оцинковки?" Мне без всякой тени усмешки ответили: "А чтобы кровь легче было смывать".

"Логично, очень логично" — подумала Красная Шапочка. Не хватало еще спросить: "А почему у вас такие большие уши"? Но это сейчас смешно, тогда было не

очень.

Политику я с детства не любил, считал ее на редкость грязным делом.

Главное свойство политики — приближать нас к собственности, либо отдалять от нее.

(То есть, если, скажем 1% населения в стране владеет 40% собственности, то это одна политика, если 2-3%, то уже совсем другая.)

Хлеба не требуйте, требуйте собственности, иначе хлеба в достатке никогда не будет у вас.

Любую идею можно обратить как во зло, так и во благо. Это как раз и есть политика.

(Николай Бредихин "Галактический человек")

Политика в чистом виде – это умение обманывать людей для их же блага.

(Николай Бредихин "Галактический человек")

Какими бы ни были хорошими, добрыми идеи, они несут добро одним людям, но смерть другим.

Народ – это угнетаемое большинство.

Никогда еще не приносила ни величия, ни благосостояния, ни счастья ни одному народу на Земле жестокая воля. Всегда, во все времена, была она лишь карою, возмездием, разрушительным выходом из невежества, ослепления или заблуждения, заставляя тем вернуться к исходу и сызнова все начать.

(Николай Бредихин "Галактический человек")

Гнев – наше оружие. Но плохо, когда все наше оружие – один только гнев.

Сон разума действительно рождает чудовищ, но больше не тем, что сам по себе их производит, а тем, что дозволяет им являться на свет.

Демократия – вовсе не торжество справедливости, это всего только возможность отстаивать свои права.

Был я равнодушен и к Самиздату, предпочитал классику. Как-то мне прислали аж из самого Парижа (еще один привод, не знаю до сих пор, как сподобился) большую бандероль с выжимками из всяческих эмигрантских изданий. Господи, какое это было занудство, люди писать совсем не умели. Ведь любой факт можно по-разному преподнести.

Словом, при всем своем "та-а-ком досье", материал о тех же самых диссидентах, мне пришлось собирать и изучать буквально с нуля. Но я быстро наверстал упущенное. Публикаций, да и просто воспоминаний очевидцев всплыло в то время предостаточно.

Куда сложнее мне далась историческая линия (тем, кого она особенно заинтересует, рекомендую для прочтения в качестве дополнительной информации мой очерк «Человек с голубиным сердцем»).

Только одна линия для меня никакого труда не представляла: линия Константина

Родимцева. Туда вошли буквально кусками тексты из романов "Путь к Олимпу" и "Товарищ Достоевский", о которых я уже упоминал.

Работа растянулась почти на пятнадцать лет, каким-то чудом роман этот мне удалось опубликовать в местном альманахе в 2000 году. Естественно, это событие прошло незамеченным. Теперь вот он выходит наконец к широкому кругу читателей.

Что остается еще добавить? Роман ни в малой мере не устарел. К сожалению. Так называемую линию преследования я писал на основе своего досконального знания истории христианской (не только католической) инквизиции, а также стратегии, тактики и практики двух орденов: доминиканцев ("псов господних") и иезуитов. В физиологии много изменилось,

Игнасио Лойола и Торквемада, наверное, удавились бы от зависти, узнав о тех возможностях, которые появились у их современных коллег, а вот скелетик с незапамятных времен остался прежним. Так что поосторожнее с новейшими достижениями техники, ребята! А то, мало ли что! Хотя есть вещи и пострашнее. Не забывайте, к примеру, о стратегии.

Есть тысяча способов человека в бараний рог согнуть, для этого не нужно быть гением. Сделай человека рабом его потребностей, желаний, и он твой раб, поставь на его пути препятствие, и он станет рабом этого препятствия, из преодоления его сотворит себе культ.

Стать полковником... Или уж сразу рвануть в генералы? Выбор за вами.

Честь имею, дамы и господа!

ЧЕЛОВЕК С ГОЛУБИНЫМ СЕРДЦЕМ

Философия сомнения в «религиозном вольнодумстве» Матвея Башкина

Исторический очерк

Писаниа бо многа, но не вся божественна суть.

Нил Сорский

1

Если заглянуть в историю оком свежим, пусть даже несведущим, то можно лишь удивляться, насколько причудливо извивалась в ней русская мысль: то отказываясь от себя с редкой беззастенчивостью и безоглядностью и уходя при этом далеко в сторону, то вообще топчась на месте чуть ли не столетиями, то вдруг задним умом спохватываясь и возвращаясь на круги своя. От огульного восхваления переходя с непостижимой легкостью к не менее истовому охаиванию, из обожествления власти и насилия впадая нежданно-негаданно в отрицание всего, что только можно отрицать.

Попыткам объяснить сие диво несть числа: тут и утверждение, что Россия – «игра природы, а не ума», и упоённые вопли о некоей «богоизбранности» или «судьбоносности» (словечко-то какое!) русского народа, и даже миф о какой-то загадочной, совершенно непредсказуемой в своих поступках и решениях «славянской душе».

Надо отметить, что во всех этих объяснениях присутствует немалая доля истины, подводит их лишь попытка «объять необъятное» – в двух-трёх словах разрешить то, над чем люди ломали головы тысячелетиями, а ещё лучше бы вообще – одним махом дать ответ на все вопросы, чтобы дальше уже ни над чем не задумываться, а только «жить и процветать».

Однако пусть не создастся у читателя впечатление, будто я собираюсь здесь пойти на поводу у очередной подобной крайности и утверждать, что всему виною наш знаменитый «русский максимализм». Моё мнение в том, что уж коли мы удостоверились теперь, заплатив столь дорого, что правда не есть истина, а лишь толкование её, то должны продвинуться и дальше в своих рассуждениях, выведя, что не может быть истины там, где нет совокупности всех правд.

Только полнота представленности рождает качество, всякая ущербность неизбежно оборачивается уродством. Эта ущербность-то как раз более всего прочего и держит нас сейчас в плену: никому уже не надо разъяснять, что мы до тех пор от той, прежней, исковеркавшей и выхолостившей нашу жизнь, Злоидеи не избавимся, пока не отыщется что-то, что могло бы ей противостоять.

Но поймём и ещё одно – любая мысль, не вбирающая в себя другие мысли, а их подминающая, становясь сверхмыслью, незамедлительно принимает характер злоидеи и может быть направлена только на разрушение, ибо, безусловно, представляет собой попытку единственно возможный Абсолют – Истину, подменить.

Ну а придя к такому убеждению, начнём не с современности – начнём с истории, явив миру в новом, более внимательном, прочтении имена тех русских философов, идеи которых до сих пор ещё толком не поняты и по достоинству не оценены.

К числу таких мыслителей, на мой взгляд, с полным правом можно отнести и «религиозного вольнодумца», «еретика», «диссидента» (на веки вечные!) Матвея Семёновича Башкина.

2

В любом отечестве всегда есть пророки, с охоты на которых и начинается любой произвол. Сумеет общество защитить этих «прорицателей», «взыскующих», «блаженненьких» – не бывать разгулу насилия, не сумеет – захлебнётся в крови. Доказательств тому немало в истории, но их более чем достаточно и в том времени, в котором происходит действие нашего очерка: середина XVI века, предтеча опричнины, стоит ли объяснять?

Прежде чем расправляться физически, нужно было лишить людей возможности сопротивляться духовно, а как это сделать, если во всём: от ратного дела до богословия неожиданный взлёт, небывалый подъём?

Я не стану утомлять здесь читателя перечислением множества разных, доходящих порой до крайности, мнений относительно личности Ивана Грозного, в бесчисленности этой убеждение моё твёрдое – менее всего то славное, доброе, нетленное, что возникает в нашей памяти при упоминании о XVI веке, следует связывать с его именем. Борьба с церковью за власть, начатая двумя его предшественниками – вот, пожалуй, то главное, что преобразило общество до неузнаваемости, заставив Иосифа Волоцкого даже в сердцах посетовать по этому поводу: минуло время «единомудрьствования» на Руси, «ныне и в домах, и на путях, и на торжищах иноки и мирские и все сомнятся, все о вере пытают». И уж дьяк Федор Курицын рассуждает о некоей «самовластной» душе и «заградах» ей в вере, а Фёдор Карпов жалуется Максиму Греку: «Аз ныне изнемогаю умом, в глубину впад сомнения».

Сомнение – вот она, живительная влага для ума омертвевшего. Однако что есть сомнение? В чём суть его, предназначение, и имеет ли право на него истинно верующий человек? Вопрос из ряда первостепенно важных не только для рассматриваемого нами, но и для любого, в том числе и нынешнего, времени, так что остановимся на нём поподробнее.

В любой из существующих или когда-либо существовавших религий основным требованием мы обнаружим именно слепую, безоговорочную и безграничную веру. Однако во всех случаях таким образом нам предлагают верить не в Бога, а в то, что нам преподносится о Нём. Достойна ли человека такая вера? Не свидетельствует ли она как о непомерной гордыне, так и о столь же непомерном самоуничижении?

Истинная вера, на мой взгляд, не может

быть слепой, она предполагает сама по себе некую осознанность, что и обуславливает единство в мировоззрении и мироощущении человека религии и философии. Религия – вера, философия – сомнение, ни без того, ни без другого человек не в состоянии обойтись. Сомнение, однако, не может идти впереди веры, а оттого – верую «усумняшеся», сомневаясь не вере своей, а в том, совершен ли я в этой вере, правильными ли, праведными ли путями в ней иду? А отсюда и первое, возникающее в каждой душе раздумье: не хочу верить в идола, хочу верить в Бога. Аз есмь: верую и люблю.

Вера дарует крылья, вера дарует жизнь. Сомнение дарит человеку любовь, оно никогда и не переходит в нём границ любви, за границами этими властвует уже совсем другое качество – отрицание.

Однако нам давно пора вернуться к

герою нашего очерка.

3

Начнём с того, что достоверного о нём мало что известно. Где и когда родился, уж и не установить. Происхождения был не самого знатного, но и не простого – в Тысячной книге 1550 года упоминается как «сын боярский III статьи».

«Еретические» взгляды его обнаружились вроде бы случайно: Великим постом 1553 года Матвей попросился на исповедь к благовещенскому священнику Симеону, которому он сразу показался подозрительным («многих вещей спрашивает во Апостоле толкования, а сам толкует, толкует, только не по существу, развратно»). После недолгих раздумий Симеон решил поделиться опасениями своими с другим благовещенским священником – фаворитом царя протопопом

Сильвестром: «Пришёл на меня сын духовной необычен и многие вопросы простирает, все ж недоуменны; у меня поучения требует, а иное и меня сам поучает; и я тому удивился». На что Сильвестр ему отвечал: «Каков то сын тот у тебя будет, не ведаю, а слово про него недобро носится». О «сыне необычном», конечно же, вскорости доложено было «Христолюбивому и Боговенчанному Царю и Государю», результат не заставил себя долго ждать: через какое-то время Башкин был схвачен вместе с ближайшими своими единомышленниками и заключён в подклети царского дворца.

Впрочем, не следует торопиться, имеет смысл отобразить ход событий поподробнее. Первоочередное, пожалуй, что здесь необходимо отметить – воззрения Башкина появились не на пустом месте. Уже в начале

XI века мы находим туманное сообщение о некоем Андреяне-скопце, возмущавшем народ своими «хулами», да и затем в исторических актах упоминания о «ятых в еретичестве» иноках и мирянах не столь уж и редки, но лишь в XIV веке одиночные протесты эти начинают носить массовый характер, первое своё воплощение найдя в ереси так называемых «стригольников». Отдельные «хулы» и сомнения, накапливаясь, понемногу выстраиваются в устойчивую систему, где за осуждением священнослужителей за недостойный пастырей образ жизни – «сии учители пьяницы суть, едят и пьют с пьяницами и взимают от них злато и сребро», неприятием вообще всей церковной иерархии на том основании, что на чин ставятся за деньги, «по мзде», а значит – «не достойны суть, духопродавцы суть», отчётливо прослеживается яростное стремление мятущегося, омороченного сознания высвободиться из-под духовного засилья чуждого, пришлого образа веры.

Да, всё меняется, если именно под таким углом рассматривать историю русских ересей – как борьбу за свой образ веры. Нова ли мысль? Нет, конечно. Откроем хотя бы даже уж Валишевского, что мы у него находим? «Из первобытной и бесплодной независимости дикарей, русские сразу попали под иго суровой и по-своему не менее дикой морали, преследовавшей свободу знания, свободу творчества и даже свободу существования. Все живые силы, которым человечество обязано было своей облагороженностью, были осуждены и прокляты этим учением. Предавался проклятию мир свободной науки, как очаг ереси и неверия. Проклинался мир свободного творчества, как элемент развращённости. Проклиналась даже сама жизнь свободная, с её радостями, счастьем, мирскими удовольствиями, как нечто позорное». Что ж, всё верно, и про «бесплодную независимость», но и про «не менее дикую мораль» тоже. Чуждый дух ожесточает сердце – можно отмахнуться от этого утверждения, но нельзя обойти суть его.

Что до нравов «учителей сиих», то они, действительно, оставляли желать много лучшего: «попы и церковные причётники в церкви всегда пьяны и без страха стоят и бранятся, и всякие речи неподобные исходят из их уст», в монастырях царят «содомский грех», разврат, «упивание безмерное» – так, к примеру, характеризует их сам Иван Грозный на соборе 1551 года.

У Башкина же отношение к духовенству

было иное, а отсюда и приход его к Симеону при ближайшем рассмотрении менее всего производит впечатление досадной оплошности, случайности. «Бога ради, пользуй меня душевно, - обращается он к благовещенскому попу, избранному им в духовники, - надобно честь, что в Евангелии написано, да на слово не надеяться, а и делом совершать. Всё начало же тут от вас. Прежде вам, служителям божиим, надо начало собою показать, да и нас научить».

Здесь хотелось бы особо обратить внимание на то, что Башкин пришёл к Симеону не в начале, а в итоге своих сомнений. «Инако мыслие» на Руси с разгромом «стригольников» вовсе не остановилось в своём развитии, на смену последователям Карпа пришла куда более серьёзная и опасная для церковников «новгородско-московская ересь», коей на века прилепили кличку «жидовствующих». Конечно, и это течение, и «стригольническое», да и те другие, которые ещё будут по ходу повествования мной упоминаться, заслуживают отдельного, обстоятельного разговора, однако я вынужденно коснусь их в данном очерке не более как мимоходом – лишь в той степени, в которой они имеют непосредственное отношение к герою нашего рассказа. Однако бегло ли, подробно ли рассматривать ересь «жидовствующих», одно несомненно – кружок «взыскующих» Матвея Башкина многое унаследовал от тех «злобесных» вольнодумцев, которые в своё время собирались на беседы в доме уже упоминавшегося мною великокняжеского дьяка Фёдора Курицына.

4

Как и следовало ожидать, ересями дело не ограничилось, раскол проник и внутрь самой церкви, как бы поделив её на два лагеря: «иосифлян» – сторонников Иосифа Волоцкого и «нестяжателей» – последователей Нила Сорского. Сущность «нестяжательства», к сожалению, до сих пор многими исследователями трактуется однобоко, в лучшем случае как вопрос «владети или не владети» духовности «земными богатствами», в то время как самим Сорским стяжание – которое, кстати, он считал главным из всех человеческих пороков, понималось в первую очередь именно как присвоение плодов чужого труда. Далеко от истины и утверждение о том, что в учении основателя Сорской пустыни нет ничего нового, один только заимствованный восточный аскетизм. Все требования «Устава о жительстве скитском» на сей счёт сводятся лишь к умеренности в питье и пище, а также скромности в повседневном обиходе. Никаких самоуничижений, самобичеваний и истового умерщвления плоти — непременных атрибутов аскезы, здесь и в помине нет. Всё благое достигается через очищение, а не через иссушение, путем «мысленного делания», а вовсе не посредством смирения, покорности, отказа от собственной воли.

К сожалению, не представляется возможным достоверно установить, ездил ли Матвей в скиты к «заволжским старцам», однако множество косвенных подтверждений свидетельствуют о том, что бывать ему там доводилось. А коли так, наверняка среди прочей иноческой братии имел он беседы и с другим знаменитым ересиархом того времени – Феодосием Косым.

Влияние на мировоззрение Башкина, конечно, не исчерпывается «стригольничеством», «жидовствующими» и «нестяжательством» – слишком много идей в то время витало в воздухе, однако именно эти три течения, вне всякого сомнения, обусловили собой его «еретичество».

Итак, круг вроде бы очерчен. Прослежены, пусть коротко, тенденция, фон, воздействия. Но отчего же при таком традиционном подходе к ней фигура Башкина вдруг неожиданно блекнет и даже совсем исчезает? И становится непонятным, а что в ней, собственно, вообще интересного?

Так может в традиционности-то здесь как раз и всё дело? Не попробовать ли нам отойти от неё в сторону хотя бы на шаг?

Начнём с того, что практически все исследователи, даже те немногие из них, которые всерьёз симпатизировали личности Башкина (человеком «с глубоким религиозным чувством и вместе с глубоким и живым чувством нравственным» называл его, к примеру, историк русской церкви Евгений Голубинский; Николай Костомаров же так говорил о нём: «в душе его было какое-то волнение, жажда добра, стремление перелить слово в дело; в то же время он был недоволен тем, что вокруг себя мало находил приложения евангельских истин к жизни»), сходятся на том, что Матвей был человеком колеблющимся, в мировоззрении своём неустойчивым, а оттого и представлял собой явление несамостоятельное, наносное, чуть ли не вообще даже заимствованное. Удивляться тут особо нечему: тенденция оная настойчиво начала внедряться ещё при жизни Башкина. Впрочем, обратимся лучше к тем скудным историческим документам, которыми мы об этом человеке располагаем, чтобы уже на основании их делать какие-то выводы на сей счет.

Итак, «в лето 7062, в царство Православного и Христолюбивого и Боговенчанного Царя и Государя и Великого Князя, Ивана Васильевича, всея Руси Самодержца, бысть повелением его Собор в Царствующем граде Москве на безбожного еретика и отступника Православной Веры, Матвея Башкина…».

Был собор… Однако до собора было ещё следствие. Поставленный на «правёж» самим Иваном Грозным, Матвей был сломлен в одночасье и с того момента стал послушной игрушкой в руках прикреплённых к нему двух старцев Волоколамского монастыря, твердыни «иосифлянства» — Герасима

Ленкова и Филофея Полева. Ну а далее «признания» посыпались как из мешка.

Случайно ли в качестве учителей своих Башкин назвал «латынников», выходцев из Литвы аптекаря Матвея Литвина и Андрея Хотеева? Нет, конечно. И царю, и иерархам духовным необходимо было представить идеи Башкина чужеродными, из другой веры пришлыми, и лучше всего подходил для этой цели начинавший подступать к Московии протестантизм.

Однако были у митрополита Макария здесь и чисто свои, внутрицерковные, счёты: он решил воспользоваться процессом, чтобы дать ещё один, быть может последний, бой «заволжским старцам». Собственно, не в них было дело, а в царе, в очередной раз покусившемся на богатства и могущество Церкви, но прямо с царём спорить не следовало, ударить проще было по фигурам, которые тот двигал перед собой. Забегая вперёд, отмечу, что сделано это было мастерски, да и вообще Макарий, в отличие от митрополитов последующих, оказался слишком крепким орешком для Ивана Грозного, и основные позиции духовенства при нём во многом были сохранены.

Оказавшись между двух огней, Сильвестр, несмотря на свою близость к царю, всё же выбрал сторону митрополита. Следом за ним шла фигура Артемия, бывшего игумена Троицкого, признанного главы радикального крыла «нестяжателей», немало досадившего «иосифлянам» - в частности, на Стоглавом соборе. Духовник в недавнем прошлом Ивана Грозного, Артемий до сих пор ещё в какой-то мере пользовался его покровительством. Не случайно, когда одновременно с Башкиным в Симеоно-Сильвестровы доносительские сети попал ученик Троицкого Порфирий, царь приказал хода делу пока не давать.

Артемий был вызван в Москву, как предполагалось – для выступления на соборе с официальным разбором «ереси» Башкина, однако приехав и быстро смекнув, к чему клонится дело, он, тем не менее, не сумел правильно сориентироваться и совершил крайне неосмотрительный поступок – тайком бежал, вернувшись «за Волгу» («До меня дошёл слух, будто говорят про меня, что я не истинствую в христианском законе; я хотел уклониться от молвы людской и безмолвствовать»). Бегство это ему не помогло, конечно, а наоборот, лишь в значительной степени усугубило и без того двусмысленное его положение. Настолько, что обратно он был доставлен уже закованным в цепи, в качестве обвиняемого.

С того момента ошибок он больше не

совершал, построив свою защиту на версии о том, что Башкин, собственно, и не еретик вовсе, а просто человек запутавшийся, в религиозных вопросах несведущий, как раз и жаждавший получить «учительства» — помощи в разрешении своих сомнений от представителей Церкви («Матвей ребячье делает и сам не знает, что выдумывает. А в Писании того нет, не писано и в ересях». «Меня призвали еретиков судить, а не мне судить и предавать их казни. Да здесь и еретиков нет: в спор никто не говорит»).

Артемий в чём-то лукавил, конечно, однако в основном мнение его о Башкине вполне сходилось с той точкой зрения, которую он отстаивал на процессе. Беда только, что суждение это — воспринимать Матвея не более как заблудшей овечкой, так устойчиво закрепилось потом в истории. Лишь Евгению Зимину, самому авторитетному, на мой взгляд, биографу Башкина, удалось до какой-то степени преодолеть сложившиеся представления на сей счет.

5

Итак, овечка, человек запутавшийся, несведущий. Всё вроде сходится. И в то же время диву даёшься – сколько усилий было затрачено, чтобы стереть в истории имя «сына боярского III статьи». Исчез бесследно ящик № 222 царского архива, а в нём «соборные дела, списки чёрные Матфея Башкина», в числе которых, по всей вероятности, была и единственная его рукопись, где он изложил свои мысли по приказу митрополита; в ящике № 189 чья-то заботливая рука оставила все материалы на Артемия Троицкого, а на Башкина столь же заботливо уничтожила. Так что, по сути дела, всё, чем мы располагаем, чтобы составить какое-либо представление о взглядах «безбожного еретика и отступника Православной Веры» – отзывы его хулителей и гонителей.

Какие же конкретно обвинения выдвигались в адрес Матвея и его товарищей? В послании Ивана Грозного к Максиму Греку, соборной грамоте об Артемии суть «злокозньства» их сводится к следующему: таинство причастия «ни во что полагают», отрицают храмы, называют иконы «идолами окаянными», жития святых отцов и отеческие предания почитают «баснословием»…

Однако что же здесь можно отнести непосредственно к Башкину? Анализируя ход средневекового русского вольномыслия, собственно и существовавшего-то единственно лишь в рамках «еретичества», так как философов-материалистов на Руси испокон веку не было – мы обнаруживаем два основных вопроса, волновавших в то время умы, «взыскующие об истине»:

существо Бога и взаимоотношения человека и Бога. Причём надо отметить, что к началу XVI века первый из этих вопросов в общих чертах был решён: Бог един, Христос – человек, изображение бесплотных небесных сил в виде человеческих образов – выдумка, поклонение им – идолопоклонничество, храмы, в которых осуществляется это поклонение, не нужны, не нужна, бессмысленна и вся иерархия духовная. Человек должен общаться с Богом напрямую, без каких-либо посредников и промежуточных моделей, через собственную неповторимость и изначальное своё совершенство.

Нет никаких сомнений в том, что многие из этих положений Башкиным разделялись. Именно разделялись, о каких-либо заимствованиях или авторстве не идёт речь. Лишь в отдельных местах проявляется самостоятельность его воззрений. Вот, к примеру, как толкуется им вопрос о триединстве Бога: «Если я Сына прогневлю, то на страшном пришествии Отец может избавить меня от муки, а если прогневлю Отца, то Сын меня от мук не избавит». На первый взгляд рассуждение подобное может показаться наивным, однако попробуем вдуматься в него поглубже. Делая выбор в пользу Бога Отца в тех моментах, когда христианская мораль расходится с нравственностью, как Ветхий Завет не согласуется с Евангелием, Башкин оставляет за собой право не только на сомнение, но и на неповиновение. Ещё проще решается им вопрос о морали церковной: «Как перестанет кто грех творить, даже если у священника и не покается, так нет ему и греха». Что до мирских норм, то достаточно здесь привести хотя бы несколько тезисов старца Елеазарова монастыря Филофея о царской власти, чтобы понять, чему Башкин осмеливался противостоять: Царь получает свою власть непосредственно от Бога; он уподобляется Богу и подобно царю небесному проникает во все помыслы человека; власть Царя выше власти духовной, которая в отношениях с Государем не должна забывать своё место. «Еретиками» же иерархическая лестница власти отсекалась на самом верху, исходя из безоговорочного убеждения: ничто так не разлучает человека и Бога, как поселяющееся между ними конкретное божество.

Говоря иначе – вера нужна не Богу, вера нужна человеку. И первое, что дает человеку вера – она освобождает его. Веруя в Бога, он становится свободным от веры в божков, божества и сатану, и в этом начало его неподвластности. Ибо рабство всегда предполагает в себе элемент добровольности.

Критически переосмысливая канонические тексты, которые «еретики» «не истинно» излагали – посягая тем на самую суть церковных догматов, Матвей уже не может и дальше жить в раздвоении, ставшем нормой для «истинно» верующего человека. Он поневоле обращает внимание на то, мимо чего другие проходят с равнодушием, так, в частности, протестуя против нарождавшегося в то время крепостничества: «Христос всех братьями называет, а мы Христовых рабов у себя держим. Я, благодарю Бога моего, все кабалы, что были у меня, изодрал, а людей своих держу добровольно. Добро ему и он живёт, а не добро – идёт куда хочет».

Его видение мира порой настолько свежо и наивно, что почти вплотную смыкается с другим традиционным направлением русского «необобществлённого сознания» – юродством, как раз и не желавшем воспринимать окружающее иначе, как только через нравственное начало в нём.

6

Да, пожалуй, мы так ничего и не поймём в учении Башкина, если не уясним себе, что оно было в первую очередь учением нравственным. Однако что же такое нравственность и в чём отличие её от морали? Казалось бы, донельзя прост тут ответ: нравственность – всё, что от Бога, мораль – всё, что от человека, однако хотя, по сути дела, вся первая половина XVI века на Руси была в той или иной мере посвящена исследованиям различных моментов взаимоотношений Бога и человека, лишь двум философам – Башкину и Косому, удалось вырваться здесь из плена привычных представлений.

Оно, собственно, и само собой явствовало: коли Христос – не Бог, значит и человеку должно жить отныне иначе. Однако как жить? По-разному решая этот вопрос: один – через сомнение, другой – через отрицание, Башкин и Косой вместе с тем ни в чём друг другу не противоречили, а уж тем более – друг друга не опровергали. Чем объяснить сей феномен? Первое объяснение, на мой взгляд, именно в разности и заключается – нет одного, абсолютного пути к Истине; как мы уже говорили, все пути относительны, но все они ведут к Ней. Второе – в том, что оба за основу в подходе к интересовавшим их проблемам взяли нравственное учение Нила Сорского и вытекавшую из него философию очищения, в противовес столь характерной для христианства философии покаяния. Ну и, наконец, третье: отвергая идола-Спасителя на пути к Богу истинному, и Матвей, и Феодосий равно далеки от желания создавать или отыскивать каких-либо других идолов ему взамен.

У человека есть много прав, дарованных ему от рождения, однако будучи правами в отношениях его с обществом, по отношению к Богу они, безусловно, являются обязанностями. Человек обязан верить, любить, сомневаться, быть счастливым, свободным, не таким, как все. Подобное, разумеется, никак не может устроить идола, и первое, что тот делает, встав между человеком и Богом – присваивает себе эти права. Проистекая из догмы, собственно – пребывая её воплощением, идол требует культа – безоговорочного, слепого поклонения, в основе которого в свою очередь всегда лежит жертвоприношение. И уж коли речь идёт о непререкаемых истинах, нетрудно догадаться, что прежде всего в жертву должно быть принесено.

Понимая, однако, что полностью подавить сомнение в человеке невозможно, Церковь как раз и даёт исход ему в самоуничижение. «Я тля в сравнении с этим миром, - как бы говорит себе «истинно» верующий человек, отступая перед несправедливостью, ложью, насилием со стороны общества, - не мне судить его».

Ну а что же Башкин? Менее всего склонен он считать себя «тлёю». Он судит, не вняв евангельскому грозному предостережению, проявляя удивительную твёрдость, твёрдость в сомнении.

Да, есть два мира во всём, что вокруг нас: мир Бога и мир Человека. Да, мир Человека, забыв о душе, погряз в испражнениях самовластного разума, неправеден. Однако что дальше, в чём выход? Попытаться, вернувшись к истокам, примирить христианское учение с нравственной природой человека, к чему так стремился Артемий Троицкий? Бежать от «злосмрадия» мирского в скиты для собственного самоусовершенствования по примеру Нила Сорского и «заволжских старцев»? Жить в отрицании по Феодосию Косому? Нет, Башкин приходит к другому выводу – мир должно и можно спасти. Вот только это не под силу одному какому-то человеку: каждый человек приходит в мир во спасение – из Веры рождается, и всю жизнь потом веру эту в себе осознает.

7

Мессия и апокалипсис. Изложив, что нам ведомо, попробуем угадать неизреченное. Итак, глубоко проникнувшись идеей «конца света» как кары, возмездия миру Человека за его греховность и несовершенство, в давнем споре о Спасителе-Помазаннике – приходил ли он или ещё не пришёл, Башкин находит своё, вытекающее из всех его мыслей и поступков, решение: мессия – каждый человек. Отсюда и такое стремление его через Симеона и Сильвестра приблизиться к Ивану Грозному, в котором многие поначалу видели монарха просвещённого, склонного в корне изменить сложившийся порядок вещей.

Что из этого получилось, уже известно читателю. Если тезис о мессианстве национальном, государственном («Москва –

третий Рим», всё тот же Филофей) был принят Иваном IV безоговорочно, то откровение о душе, как неповторимости, в которой Бог и Человек представлены как единый организм, а общество вторично, подрывало самые основы того изуверского, идолического самовластья, которое ему предстояло утвердить.

Надо отметить, что его ближайшие к нам по времени преемники оказались посообразительнее – это естественное тяготение души не ускользнуло от их внимания и, сдобренное затейливыми суесловиями о сверхобществе и надчеловеке, в форме личностного мессианства успешно эксплуатируется до сих пор, с тем же принципом в основе: человек плох, гадок, порочен, но его можно улучшить, надо только засучить рукава.

Совсем иное мы находим у Башкина.

Что можно сказать о дальнейшей судьбе нашего героя? После процесса он был заключён в Волоколамский Иосифов монастырь, и там следы его уже теряются. Из его единомышленников история сохранила только два имени: братьев-тверичей Борисовых-Бороздиных. Один из них, Григорий, тоже сгинул бесследно, неизвестно даже, где он был заточён, другому – Ивану, больше повезло: сосланный на Валаам, он, в конце концов, бежал оттуда в Швецию.

Под редакцией доктора исторических наук, профессора русской истории, г.н.с. Института русской истории РАН Николая Михайловича Рогожина.

СОДЕРЖАНИЕ